Le bateau se rapproche de l'île. L'impatience ɑe ses trois passagères, se remarque aisément par cette joie qui les anime. Elles sont élégamment vêtues de robes colorées, leur tête coiffée d'un large chapeau de paille, dont le foulard se balance au gré du vent.

Entendre leurs rires et voir cette fraîcheur, qui émane d'elles, font envie. La blondeur de leur chevelure peut faire croire qu'elles sont sœurs, mais il n'en est rien. Cette merveille naturelle fait l'objet d'une complémentarité avec leur prénom, dont la première lettre est le C.

De leurs dix-huit printemps, Charline, Cynthia et Cristal viennent d'obtenir leur diplôme dans cette spécialité qu'est la restauration, et vont débuter au sein d'un hôtel prestigieux.

Celui-ci est perché sur un piton dont la roche, si blanche, éclate et transmet, par sa beauté, un effet presque féérique, au beau milieu d'une étendue si bleue.

L'embarcation ne se dirige pas vers ce port où sont amarrés des yachts, resplendissants par leur grandeur, mais s'engage vers les profondeurs de la roche.

C'est par ici que sont acheminées et déchargées les marchandises, qui ravitaillent l'établissement, ainsi que se trouve l'arrivée du personnel.

Les trois jeunes femmes remarquent cette silhouette qui les attend. Elles vont faire la connaissance de madame

Fischer, une gouvernante, ayant pour mission de les encadrer.

De la voir se tenir aussi droite dans son tailleur noir et coiffée d'un chignon, la première impression qu'elle transmet est de ne pas être très avenante.

Les trois jeunes femmes commencent à comprendre et appréhendent maintenant, ce monde où elles vont devoir évoluer. Pourtant, alors qu'elles se présentent face à elle, munies de leurs bagages, madame Fischer leur adresse un sourire, certes de circonstance, mais cela a le don de les rassurer.

Très vite, la femme les prie de la suivre vers un ascenseur, et à peine entrées à l'intérieur, elle leur dicte ses directives et son ton se veut assurément autoritaire :

- Vous allez être logées ensembles. Je vous laisse vous installer et dans une heure, je vous attends dans le hall principal. Habillez-vous comme il se doit, mesdemoiselles !

Les jeunes femmes hochent la tête en guise d'acquiescement et une fois la présentation faite de leur appartement, madame Fischer les quitte.

La porte à peine fermée, les trois jeunes femmes se précipitent dans la salle où se tient le balcon. Sa vue donne vers le port et de regarder tous ces très impressionnants bateaux, les trois jeunes femmes ressentent un vrai bonheur.

Rapidement, de leur insouciante jeunesse, elles oublient les manières si peu sociables de la gouvernante, et se régalent de se retrouver dans ce lieu magique.

Vivre plusieurs mois dans cet univers va changer leur vie.

Le même tailleur ainsi que le chemisier blanc que porte madame Fischer ont été déposés dans leur chambre ainsi que des escarpins à petits talons.

Les jeunes femmes ne tardent à les enfiler, se dirigent vers le lieu de rendez-vous convenu, et attendent patiemment, maintenant.
Lorsque la gouvernante s'avance au-devant d'elles, l'expression de son regard montre bien son insatisfaction.

Les jeunes femmes n'ont pas pris le temps d'attacher correctement leur chevelure, elles la portent très longue, et malgré sa beauté, les remarques désagréables surviennent rapidement.

Mais un homme d'environ trente-cinq ans vient à leur rencontre, il tend sa main, ce qui immédiatement détend l'atmosphère. L'homme se présente, il est le directeur de l'hôtel.

Malgré son costume sombre et une cravate, rien de lui ne semble imposant. Doté d'une chevelure très brune, d'un profond regard noir, son teint halé atténue tout ce sombre et lorsqu'il s'adresse aux jeunes femmes, toute la blancheur remarquable de sa dentition efface cette dureté qu'il s'impose.

Est-ce la jeunesse de ces trois nouvelles recrues qui le charme ? Son sourire le dévoile…

La gouvernante, qui se tient aussi droite qu'un manche à balai avec son air mécontent, ne sait plus quoi dire lorsque l'homme la congédie et lui précise ceci :

- Laissez-nous, je vais faire la visite moi-même à ces demoiselles !

Les jeunes femmes voyant la gouvernante faire la moue pouffent de rire.

Lorsque l'homme pénètre dans la plus spacieuse des salles à manger, les grandes baies vitrées dévoilent une vue imprenable sur la grande bleue et amplifient toute sa superbe.

Les tables sont toutes de forme arrondie et recouvertes de nappes aux motifs très colorés. Des posters représentent des mets bien délicieux et ne peuvent qu'accentuer l'appétit de chacun.
Les clients attablés, servis par le personnel impeccablement vêtu, de leurs manières démontrent ô combien on leur attache de l'importance.

Le directeur parcourt les autres salles et se dirige maintenant, vers les différents salons où le cuir blanc règne, alors que la couleur des tentures est très chaude.

Une réelle atmosphère de grand luxe confirmée par un mobilier très moderne et des tableaux de maitres.

Lorsque leur guide s'engage vers l'extérieur, c'est un véritable parc qui se présente.

Les jeunes femmes étaient bien loin de s'imaginer son existence. Les couleurs chatoyantes des végétaux font ressortir davantage la blancheur immaculée des statues, représentées par des femmes nues.

Dans leurs bras, elles présentent quantité de trésors, venant de leur corne d'abondance.

Leurs traits sont si finement sculptés et sous ces airs aussi romantiques, une pureté transmise interpelle.

Entourées d'arbustes, ceux-ci exaltent des parfums capiteux. Continuant, c'est un large bassin qui apparaît. De son fond est représentée la scène d'une cascade et c'est par ces deux imposants dauphins, colorés en bleu, déversant par jets toute leur eau, qu'il se remplit.

Ils entourent une sirène, sa chevelure est tellement longue qu'elle descend jusqu'à cette queue, dont les nuances de vert viennent se mélanger et refléter dans l'eau. Le cadre est majestueux et l'effet d'apaisement est instantané. De nombreux transats y sont installés, protégés par l'envergure des parasols.

Ces colonnes amènent les visiteuses vers un terrain de golf. De ses parcours, c'est un cortège de voiturettes qui se déplacent, transportant des sacs remplis de clubs. Le cadre est exceptionnel, elles aperçoivent au-delà deux yachts prendre le large, entourés de jet-skis dont l'arrière déverse un sillage important.

Les jeunes femmes, pendant ce moment particulier, semblent oublier qu'elles sont ici pour y travailler, sauf quand le directeur terminant la visite, leur rappelle ceci :

- Mesdemoiselles, je vous demande de bien suivre les directives de madame Fischer, votre gouvernante.

Rien ne vous sera épargné venant de sa part, si vous ne vous pliez pas au mode de vie de notre établissement.

Ne mésestimez jamais la chance que vous avez eue d'avoir été choisies.

- Je vous demande personnellement d'apporter une prestation irréprochable envers la clientèle.

L'homme, sous son allure élégante et gracieuse, révèle ses souhaits et face à son sérieux, les jeunes femmes ne sont plus tous sourires.

Madame Fischer arrive au loin et désormais, Charline, Cynthia et Cristal vont découvrir leur futur poste.

De retour dans son bureau, un rictus de satisfaction se lit sur le visage du directeur. Il classe des photos dans un dossier, ce sont celles de ces trois jeunes femmes. Il note ceci. « 3 C » sur sa couverture.

Cela l'amuse, faisant référence à leur prénom. L'homme est plus que ravi, les jeunes femmes sont très belles, et la couleur de leurs prunelles accentue encore plus leur féminité.

Il est vrai que Charline les porte très vert clair, celles de Cynthia sont aussi bleues et pures que le ciel, quant à Cristal, ce sont de véritables paillettes dorées qui s'y reflètent.

La chance de les avoir dénichées dans cet institut privé et de se les approprier lui confère une véritable aubaine. Maintenant, il se dirige vers son coffre, en sort un écrin à bijoux.

Trois chaines en or y sont entreposées et la lettre C y est accrochée. Madame Fischer aura la joie de les leur faire porter.

Chacune des jeunes femmes s'est vue attribuer quatre appartements à entretenir. Elles n'auront pas à faire le service dans les salles de restauration de l'hôtel, hormis pour les clients privilégiés, et le plus dans leur activité, sera de pouvoir accompagner ces rupins, partout où ils désirent se rendre.

Elles seront en quelque sorte leurs petites mains à disposition.

Ces hommes, d'un âge avancé, séjournent seuls et sont relativement agréables avec les jeunes femmes, heureux d'avoir de si belles compagnies.

Au fur et à mesure des semaines qui passent, les trois jeunes femmes s'intègrent parfaitement à leur nouvelle vie.

Elles étaient loin de supposer dans le courant de leur service à accomplir, qu'elles seraient autant favorisées, ayant ce privilège de participer régulièrement, aux soirées mondaines organisées pour ces clients attitrés.

Ainsi, les trois jeunes femmes vivent continuellement dans un cadre ultra aisé et ne demandent qu'une chose, que cela dure.

La seule personne à être toujours aussi stricte envers elles reste madame Fischer. Malgré le travail impeccable réalisé par ses protégées, jamais la gouvernante n'a la moindre gratitude.

Ce matin, Cynthia est toute enjouée d'annoncer à ses colocataires son séjour à bord d'un yacht, pendant une durée de deux semaines.

Elle prépare ses bagages à la hâte. Ses amies sont ravies, c'est vraiment le nec plus ultra de travailler ici.

Et c'est par le ballet incessant des jet-skis qu'elle quitte le port, embarquée dans ce yacht à trois étages.

Cynthia est toute affairée à préparer cocktails et amuse-gueules, l'ambiance est bruyante, la musique à fond, les convives nombreux et elle ne cesse ses allées et venues pour les servir.

Sa robe en dentelle remplace son tailleur strict et ses cheveux sont simplement noués d'un foulard. Tombant sur ses épaules, ils lui confèrent une belle allure très romanesque.
La jeune femme vit un vrai rêve, invitée comme l'ensemble du personnel de bord, à assister à la projection de films, ceux pris par des équipes qui explorent les fonds marins.

Et lors des escales, elle peut profiter d'aller visiter les lieux et ne manque pas de se rapporter des souvenirs personnels.

Ce matin, le calme règne sur le bateau, les invités sont partis sur cette île où d'innombrables espèces d'oiseaux vivent. La jeune femme semble être restée seule à bord.

Elle range le pont inférieur et aperçoit l'un des convives, c'est un homme qui se tient debout regardant au moyen de jumelles l'étendue si bleue.

Son torse est nu et très bronzé, il ne porte qu'un pantalon blanc et même ses pieds sont nus. Il semble très absorbé, mais lorsqu'il l'entend venir ranger les coussins sur les transats, il se retourne.

L'homme est grand, porte une chevelure très brune. Mais son regard est d'un bleu magnifique. Celui-ci lui sourit volontiers et vient même à sa rencontre.

La jeune femme, malgré son âge, il pourrait être son père, le trouve relativement attirant.

Sans plus attendre, il lui propose de venir l'accompagner prendre un verre au bar. Cynthia ne peut que s'y soustraire et lorsqu'il lui tend la coupe de champagne, elle reconnaît qu'une autre boisson aurait été préférable, mais cette clientèle ne se refuse rien.

L'homme se tient très près d'elle et Cynthia remarque dans son regard, une brillance incroyable. Elle d'habitude assez assurée, là son côté timide s'accentue.

Cet homme de toute évidence prend du plaisir d'être à ses côtés, il entame volontiers la conversation et veut connaître un peu plus cette jeune femme si jolie.

Puis au bout d'un long moment, sans geste brusque, il lui prend le menton avec l'une de ses mains et vient poser ses lèvres sur les siennes.

Cynthia toute surprise recule, l'homme se veut rassurant et lui sourit. Elle rougit, s'intimide, doucement, il la colle contre son torse. Cynthia, hume l'odeur de sa peau, elle lui est fortement agréable,

Il lui semble même qu'elle l'envoute. Une sensation de bien-être se fait ressentir. Ainsi, la jeune femme se détend, et cela conforte l'individu.

Il ne se gêne pas et vient caresser sa tête, descend ses mains le long de son dos, tous ses gestes sont très tendres.

Cynthia s'avoue aimer cela, et lorsqu'il reprend sa bouche, son baiser devient plus sensuel. Elle ressent sa langue cherchant à venir caresser la sienne, le plaisir ressenti est immédiat, et dans son corps de jeune femme vierge, une excitation jusque-là inconnue se réalise.

L'homme devient encore plus gourmand et la prend par la taille, il joue de tout son charme, veut l'amener dans sa cabine. La jeune femme s'y oppose, mais très persuasif il réussit à l'y entraîner.

Il débouche une autre bouteille et la fait s'assoir tout près de lui. Cynthia rit de ses blagues qu'il lui raconte. C'est dans sa troisième coupe qu'il lui déverse une poudre, la jeune femme n'en voit rien.

L'homme la reprend dans ses bras, Cynthia est complètement à sa merci, pourtant quand il la soulève et se dirige vers le lit, elle essaie de l'en empêcher :

– Non ! Non ! Ne faites pas cela !

Elle redoute ce qu'il veut lui faire, la panique l'enveloppe, mais elle se sent incapable du moindre geste, sa tête est très lourde et tout son corps semble flotter.

L'homme ne l'écoute pas car il s'évertue, sans aucune

brusquerie, à commencer à lui défaire sa robe, jusqu'à la mettre complètement nue.

Elle possède un corps magnifique, il se fait un plaisir de rester à l'admirer. Son grain de peau lui paraît bien délicat, il se penche et commence à la caresser tout en finesse.

De ressentir sous ses doigts cette douceur extraordinaire, il semble renaître tellement elle est belle et de savoir qu'aucune main d'homme ne l'a touchée jusqu'à présent, son envie devient plus forte et lui provoque même une certaine émotion.

Il la regarde telle une gourmandise, se délecte d'avance qu'elle ne soit que pour lui. Sa fourrure si fine l'attire, il vient l'embrasser. Elle est aussi douce que sa peau et cela a le don de lui provoquer une érection.

Il freine son envie de la posséder tout de suite, désirant ne pas la déchirer, la pénétrer avec douceur, et se donner du plaisir.

Il commence par reprendre sa bouche, caresse sa langue avec délicatesse puis ne peut s'empêcher de plonger dans sa gorge. Et malgré son état second, Cynthia répond à ses attentes et se donne sans façons.

De ressentir les mains caressantes de cet homme lui provoque des sensations jamais expérimentées, son savoir-faire la transporte et elle en redemande, cette potion fait bien son effet.

Il suce sa poitrine menue où ses tétons se dressent bien droits et bien durs, ce qui amplifie tous ses fantasmes.

La jeune femme lui caresse les cheveux, un désir indescriptible s'empare d'elle, elle l'attire vers son ventre, se livre complètement. Une envie terrible d'être pénétrée, elle ne cesse de geindre de tout le plaisir qu'elle ressent, le souffle chaud sur son sexe la rend hystérique, et lorsqu'il lui suce son clitoris et qu'elle sent sa langue en elle, sa jouissance se fait entendre par un cri.

Maintenant, l'homme l'effleure avec son membre, il la sent bien mouillée prête à le recevoir et quand l'hymen se fend, un filet de sang coule. L'excitation de la jeune femme est à son comble, elle ne ressent pas la douleur, il la pénètre.

Sa profondeur lui permet de fourrer son sexe complètement et des râles sortent de la bouche de la jeune femme de ce va et vient qui s'éternise.

Elle ne peut s'interdire de pousser des gémissements lorsqu'elle jouit de nouveau. La douleur, c'est lui qui la ressent, tellement son membre est devenu dur.

Son propre plaisir est à son paroxysme, toute cette beauté qu'il pénètre à volonté, le rend particulièrement viril. Il ne peut se taire lorsqu'il n'en peut plus de se retenir et laisse gicler toute sa semence brulante dans ce corps si doux et bien humide.

L'un comme l'autre est en nage, l'homme ne veut s'interdire de la caresser de partout tellement elle est magnifique.

Il la pénètre encore une fois, son envie le reprend, puis il reste en elle, s'assurant qu'il l'ait bien remplie de son si précieux futur trésor qui va éclore.

Lorsqu'il s'aperçoit qu'elle est tombée dans un profond sommeil, il reconnaît que cette femme enfant est une vraie merveille.

Avant de l'amener dans sa cabine, il doit lui administrer un sérum par une injection. Un pouvoir mis au point afin d'effacer de la mémoire des circonstances bien précises.

Ainsi Cynthia n'aura aucun souvenir de ce qui vient de se passer et ne ressentira aucune douleur.

Et quelques heures plus tard, lorsqu'elle se réveille, elle est persuadée de s'être assoupie. Elle se lève et ne tarde à venir reprendre son service.

2

L'établissement, doté d'une piste afin que les hélicoptères puissent s'y poser, voit l'arrivée d'un client qui, de toute évidence, est bien connu, puisque le directeur en personne vient l'accueillir chaleureusement.

Sans tarder les deux hommes se dirigent vers cet ascenseur privé, qui mène jusqu'au dernier étage. Maintenant un verre de whisky à la main, les deux hommes discutent sur le balcon dont la transparence, donnée par le verre, fait croire qu'il est suspendu dans le vide.

Madame Fischer fait son apparition, elle est accompagnée de Charline.

La jeune femme salue ce nouveau client avec un sourire des plus avenants, mais en revanche, l'homme ne lui démontre aucune sympathie. Il est pourtant doté d'un physique agréable avec son regard si bleu, mais celui-ci ne lui transmet qu'une certaine froideur.

Il observe la jeune femme d'une façon si peu affable qu'elle en ressent des frissons dans le dos et une gêne l'envahit rapidement.

Ce qu'elle ne saisit pas est le comportement de sa gouvernante semblant elle bien apprécier qu'il la déshabille de la tête aux pieds. Charline se sent telle une marchandise à qui l'on va donner un prix.

Son malaise est perceptible, mais les trois personnes au-devant d'elle, ne semblent nullement en tenir compte.

Elle a une forte envie de quitter l'appartement, elle s'efforce de faire bonne impression, mais son sourire s'est effacé.

Puis lorsqu'elle entend ce client qui, sans vergogne, s'adresse au directeur la jugeant à son goût, un vif dégoût prend sa place.

Et alors qu'elle se retrouve dans l'ascenseur auprès de la gouvernante, la jeune femme offusquée, ne peut taire son ressenti et veut des explications. Madame Fischer prend mal l'attitude de sa protégée et le lui fait comprendre :

-   Cet homme est le client le plus important de l'hôtel, rien ne peut lui être refusé. Alors contentez-vous de faire correctement votre travail !
    Elle rajoute fixant le regard si clair de la jeune femme :

–   Est-ce bien compris Charline ?

Charline serre les dents et à cet instant, toutes les joies vécues depuis son arrivée s'évanouissent d'un seul coup.

La perspective de vouloir quitter l'hôtel la taraude, mais dans l'immédiat, c'est par un oui presque sourd qu'elle répond à sa gouvernante.

Charline appréhende de devoir servir ce client, mais finalement on ne fait pas appel à elle et elle en est bien soulagée.

Mais quelques jours plus tard, alors qu'elle emprunte l'ascenseur pour aller se restaurer, ayant fini son service auprès de l'un de ses clients, soudainement, venant de nulle part, un homme en blouse blanche fait son irruption et vient l'accompagner.

Il pousse une chaise roulante. Jamais Charline ne l'a croisé.

De remarquer sur sa blouse ce caducée brodé, elle comprend qu'il est médecin. L'homme est d'une grande stature et se positionne derrière elle.

L'ascenseur se met en marche, mais d'un coup, Charline dans son cou ressent une douleur très vive, à l'identique d'une piqure, et déjà part dans les vapes.

L'homme a juste le temps de la réceptionner et de l'asseoir sur la chaise. Il stoppe l'ascenseur, remonte à l'étage et en sortant, se dirige face au mur et pénètre dans un passage complètement invisible.

Il atteint ainsi un nouvel ascenseur et celui-ci descend dans les profondeurs des sous-sols de l'hôtel, un univers bien camouflé dont très peu de personnes ne connaissent l'existence.
Dès la venue de la jeune femme, celle-ci est installée sur un brancard et amenée vers un couloir où se trouve une salle d'un bloc opératoire.

Incroyable que l'hôtel puisse en disposer. Mais à l'inverse de ce que l'on peut s'imaginer, rien ici n'est au service de la clientèle.

Maintenant, Charline est sous la surveillance d'un anesthésiste et des mains d'un médecin chirurgien puisque l'homme est coiffé, masqué et ganté comme tel.

La jeune femme respire normalement et de l'un des écrans, l'on remarque les battements réguliers de son cœur.

L'alèse qui recouvre son corps est soulevée, celui-ci se présente nu.

 La panseuse qui les seconde, positionne sur les portes cuisses ses jambes et le chirurgien s'apprête à commencer son intervention. Guidé par un écran, il incise la membrane, le sang coule, la panseuse lui passe cette longue sonde qui va déverser dans la voie utérine, tout un liquide.

Le chirurgien prend son temps de bien la vider.

Une fois cette action achevée, le pratiquant se défait de ce costume de chirurgien et si Charline se réveille, elle ne va avoir aucune peine à le reconnaître.

Maintenant, seul l'anesthésiste reste à la surveiller et avant son réveil, une injection lui est faite, afin qu'aucun souvenir et souffrance ne se réalisent, comme pour sa compagne Cynthia.

Quelques heures plus tard, c'est madame Fischer qui se tient à son chevet. Charline se demande bien ce qui lui est arrivé.

La gouvernante, s'attendant à diverses questions, fait en sorte de rassurer la jeune femme et ne lui révèle que ceci :

– Vous avez fait un malaise vagal dû certainement à la chaleur. Cela arrive parfois. Il n'y a rien de méchant.
Le ton et les propos de madame Fischer font leur effet, Charline est rassurée même quand celle-ci lui pose cette question :

– Ressentez-vous des douleurs ?

Charline répond :

– Non, aucune !

Madame Fischer, le sourire en coin, réplique :

– C'est bien, reposez-vous encore un peu.

Sans tarder, elle sort de la chambre, Charline de voir sa gouvernante aussi prévenante n'en revient pas.

Dès le lendemain, la jeune femme reprend ses activités sans aucun souci.

Mais une semaine plus tard, ce sont des nausées relativement dérangeantes qui empêchent Cynthia d'assurer son poste. Ses camarades sont très inquiètes et rapidement en font part à madame Fischer.

Voyant dans quel état se trouve la jeune malade, elle comprend aussitôt de quoi elle souffre et demande aux autres filles de quitter la pièce.

Restée seule avec elle, elle fait appel au médecin qui ne tarde à venir. La jeune femme, confiante, tend son bras à sa demande et celui-ci lui administre une injection soi-disant pour calmer son mal et rapidement Cynthia s'endort.

Et c'est par ce mystérieux ascenseur qu'elle est acheminée et se retrouve dans les entrailles des sous-sols.

Le même chirurgien prend plaisir à découvrir cet embryon qui se développe à l'intérieur de son ventre.

Il en est même stupéfait de remarquer, qu'il a déjà atteint la taille de sept semaines de grossesse, ce qui correspond à quatre mois.

La progression est beaucoup plus rapide que prévu, elle donne même le vertige, car loin des calculs réalisés par les généticiens.
Les formules utilisées sont bien plus performantes et il faut dorénavant, mettre en place le processus prévu.

Cynthia est remontée dans sa chambre, elle se réveille tout en douceur, persuadée d'avoir bien dormi. La gouvernante est présente et son regard vers la jeune femme est pour une fois tout sourire.

Cynthia en est surprise, elle se redresse et se sent en pleine forme. Elle a même une faim de loup.

Puis c'est Charline qui est prise aussi de ces mêmes maux. Aux examens, la jeune femme démontre à quelques semaines d'intervalle, qu'elle est elle aussi enceinte.

Le chirurgien est satisfait. Tout fonctionne comme il le désire et de savoir que chaque fœtus n'est doté du même sexe, il jubile encore plus.

Son assistante lui demande :

– Et pour cette autre fille, que faisons-nous ?

Le chirurgien réplique :

– Rien pour le moment !

Et lorsque les deux jeunes femmes sont reprises de leur mal-être, il est décidé de les faire évacuer dans un lieu plus approprié.

3

Ainsi, Cristal se retrouve seule dans cet appartement, et s'inquiète terriblement du sort de ses camarades, ne les revoyant pas.

Voulant savoir ce qu'il leur arrive, elle se tourne vers madame Fischer, mais la gouvernante fait en sorte de modérer ses craintes et lui fait part de ceci :

- Vos camarades ont abusé des bonnes choses présentées à cette dernière soirée.

Puis voulant donner du poids à ses dires, elle continue :

– Tout comme la dernière fois d'ailleurs !

Ah voilà donc les raisons, elles se sont empiffrées. Pourtant, Cristal les connait mieux que quiconque, toujours à faire attention à leur ligne.

La jeune femme est loin d'être dupe, elle a bien remarqué qu'elles ont pris l'une comme l'autre des rondeurs, surtout au niveau du ventre très rapidement, d'ailleurs elles-mêmes ne le comprenaient pas.

Du coup, elle ne peut croire ce que lui dit madame Fischer qui se veut être très persuasive.
Cristal, afin qu'elle ne suspecte ses interrogations, fait semblant d'accepter ce qu'elle lui dit. Mais cela est certain, quelque chose ne tourne pas rond.

Elle commence réellement à ressentir du danger pour sa propre personne.

Déjà l'attitude de madame Fischer l'a décontenancée, dès lors où Cynthia a été malade, devenant nettement plus sociale, presque aux petits soins, cela l'a littéralement frappée, elle d'habitude si froide.

Quelques jours passent, Cristal effectue son service, mais ses craintes prennent le dessus et sa joie se dissipe. Son souhait est de ne plus rester à travailler ici.

Elle en fait part à madame Fischer par obligation et celle-ci en paraît quelque peu surprise. Sur son visage, Cristal lit clairement qu'elle ne s'attendait nullement à ce qu'elle prenne une telle décision. Ce qui confirme bien ses suspicions.

Maitrisant ses émois, la gouvernante, d'un ton peu aimable voulant certainement déstabiliser la jeune femme, lui répond :

– Je vais annoncer votre décision au directeur !

Cristal se sent soulagée, d'avoir largement gagné de l'argent, son souhait d'aller travailler dans un autre établissement la changera.

Elle pense qu'elle va être convoquée, ce qui normalement devrait se faire, mais pas du tout.

La gouvernante lui apprend qu'on la laisse s'en aller, sans autre explication. Cela est assez surprenant tout de même. Et dès le lendemain, Cristal prépare ses bagages.

A sa grande surprise, elle ne revoit ni le directeur, ni sa gouvernante.

Elle monte dans le bateau et ce dernier ne tarde pas à quitter le port. Cristal regarde l'île qui s'éloigne, avec un pincement dans la poitrine, de ne pas savoir où se trouvent ses camarades.

Cette situation reste bien mystérieuse aux yeux de la jeune femme.

Quand elle s'aperçoit que l'embarcation ne prend pas le grand large, mais le contourne, elle ne comprend pourquoi et voit subitement deux hommes qui s'avancent vers elle.

Malgré cet air sociable qu'ils lui démontrent, Cristal a cette intuition qu'il va se passer quelque chose envers sa personne et elle a raison.

L'un deux vient immédiatement l'immobiliser, en lui prenant un de ses bras et son acolyte se positionne derrière elle. Ainsi, la jeune femme ne peut leur échapper.

Elle veut crier, mais déjà par la piqure qu'elle ressent vers sa nuque, elle perd connaissance.

Effectivement, le bateau l'amène au nord de l'île. Il se rapproche maintenant le plus lentement possible, afin de ne pas percuter la roche qui baigne ses pieds dans l'eau.

Rien au premier abord ne peut faire penser à l'existence d'une éventuelle cavité, encore moins qu'une embarcation peut y accéder et s'enfoncer dans ses profondeurs, jusqu'à se positionner le long d'un petit quai, où un escalier amène les passagers dans un endroit difficile à imaginer.

A sa venue, rapidement Cristal est installée sur un brancard, et c'est par un ascenseur qu'elle va descendre pour être au cœur de ce qui sera dorénavant, son seul lieu d'existence, tout comme déjà ses camarades de chambrée.

Elle subit elle aussi une insémination et est enfermée, comme une véritable prisonnière, dans une chambre ressemblant étrangement à une cellule, avec juste un coin pour la toilette.

Il n'existe aucune fenêtre, seule une lumière blafarde vient du plafond.

A son réveil, Cristal a bien du mal à accepter l'endroit où elle peut se trouver. Ce qui semble bien normal.

Se rappelant de son agression, elle est persuadée d'avoir été kidnappée et afin de faire venir ses ravisseurs, elle cogne aussi fort qu'elle peut au moyen de ses poings contre la porte.

Ne voyant que rien ne se passe, elle frappe avec ses pieds, mais là encore sans résultat.

Une angoisse l'envahit de se voir ainsi vêtue d'une simple chemise de nuit. Elle se compare à une condamnée qui va être amenée au bucher, se refuse de croire à cette supercherie, pense même qu'elle rêve et décide de se recoucher.

En fermant très fort les yeux, elle ne pense plus à rien, afin de pouvoir se rendormir.

Mais elle doit bien se convaincre de cette triste réalité. Elle ne ressent aucune douleur, ne voit aucune marque sur son corps.

Maintenant, prise au piège, comment se sortir de là ?

Elle entend soudain une clé dans la serrure, sa porte s'ouvre. Cristal prend peur, on vient certainement la chercher, son corps se met à trembler.

C'est une infirmière qui fait son apparition, reconnaissable à ses vêtements. Rien d'elle n'est aimable, elle est même d'un âge relativement avancé, et n'adresse aucun mot envers la jeune femme.

Tel un robot, elle lui prend le bras, lui enfile un brassard afin de contrôler sa tension, lui met dans la bouche un thermomètre et note tout sur un appareil, doté d'un minuscule écran, puis, sans un regard vers Cristal, s'apprête à sortir.

Mais cette dernière d'un bond se lève et se précipite dehors, afin de se sauver.

Elle ne peut aller bien loin, elle se confronte à un couloir d'où aucune porte n'est visible. Elle n'y comprend rien, elle panique.

Prise d'une rage folle, elle retourne dans la pièce et par sa peur, son angoisse, elle se met à hurler après cette femme.
Mais celle-ci reste complètement détachée, à se demander si elle n'est pas sourde, mais elle pousse violemment la jeune femme vers son lit et d'une poigne de fer lui attrape son bras.

Et très vite l'aiguille s'enfonce.
Cristal crie par la douleur qu'elle ressent et des injures fusent.

Mais cela est très bref, elle s'écroule sur le lit et ne peut entendre ce que dit l'infirmière :

– Voilà, avec cette dose, tu vas rester bien tranquille !

Cristal ne sait pas depuis combien de temps elle est enfermée ici, mais voit son ventre qui commence à s'arrondir.

Elle remarque aussi toutes ces traces de piqures faites sur ses bras, sans pouvoir se rappeler de quoi que ce soit.

Régulièrement l'infirmière vient la voir et c'est toujours le même rituel, sans lui adresser le moindre mot. Cristal ne fait que l'injurier.

Lorsqu'elle se cogne contre son lit afin de porter atteinte à ce qu'elle porte, elle est liée et par ses refus d'avaler une nourriture bien spécifique, c'est par un gavage qu'on la rassasie.

Un vrai calvaire qu'elle endure, se refusant à accepter ce qu'on lui oblige. Ses larmes et ses cris n'y font rien.

Des traitements qu'on lui fait subir, elle en perd la notion du temps.

Seul voir son ventre devenir rond lui dicte qu'il passe et elle a hâte que tout ceci se finisse. Elle est persuadée qu'une fois qu'elle aura mis au monde ce monstre qui grandit dans son ventre anormalement vite, elle pourra être libérée.

Et c'est sa camarade Charline qui a eu cette opportunité de pouvoir sortir de cet enfermement.

Elle arrive à son terme beaucoup plus rapidement qu'une grossesse normale, et les généticiens jubilent de cette aubaine, une prouesse dans leurs recherches.

Mais lorsque l'infirmière ouvre la porte de sa cellule, sans prendre aucune précaution, elle ne peut réagir quand la jeune femme lui enroule sa taie de traversin en travers de sa gorge, alors qu'elle lui tourne le dos.

De toutes ses forces, Charline la serre, l'autre en perd l'équilibre et malgré son ventre arrondi, d'une volonté de fer, elle ne lâche pas sa prise.

L'infirmière perd ses forces et son souffle. Lorsqu'elle ne bouge plus, Charline se précipite au dehors et ferme la porte à clef.

Surprise de se trouver dans un minuscule couloir à peine éclairé, qui de surcroit ne possède aucune sortie, alors de ses mains, elle tâte le mur et finit par déclencher un mécanisme lui permettant de s'en échapper.

Mais l'incompréhension règne avec ce nouveau couloir qui, lui non plus, ne détient pas de sortie et par son peu de luminosité, elle se sent d'un coup, complètement désarmée.

Mais soudain, la lumière jaillit et là elle se demande :

- Mais où me cacher ?

C'est une véritable panique qui s'empare d'elle, surtout de voir qu'une porte commence à s'ouvrir à travers le mur.

L'instinct de se camoufler juste derrière va la sauver.

C'est un homme portant un plateau qui pénètre à l'intérieur et avec celui-ci, il ne la remarque. Par chance, il a laissé la porte ouverte. C'est ainsi que, promptement, Charline se faufile, mais a l'intelligence d'y remarquer la clef laissée dans la serrure.

 Très vite, elle enferme cet homme.

L'autre grogne derrière, elle l'entend bien, mais de voir ce tunnel qui se présente face à elle, elle ne perd pas un instant avant de s'y aventurer.

Il est éclairé et de ceci, elle redoute d'y faire des rencontres, désirant que sa fuite soit plus vive, mais son ventre l'en empêche. Quand elle passe devant plusieurs portes, elle ne veut s'y engouffrer et préfère continuer dans la même direction.

Elle est à des lieues de s'imaginer qu'au-delà de ces ouvertures, ces deux anciennes colocataires sont prisonnières.

Loin d'être arrivée à son but, à un moment donné, le tunnel se partage en plusieurs galeries, tel un carrefour.

Elle opte vers celle toute à sa droite, nettement plus étroite et surtout non éclairée, conformément à son souhait de ne pas être remarquée.

Mais elle ne peut accélérer sa cadence dans la pénombre qui se fait, jusqu'au moment où elle n'y voit plus du tout. Elle craint d'avoir pris un mauvais chemin.

Elle doit de sa main frôler constamment la paroi afin de se diriger. Elle rencontre une difficulté supplémentaire par cette montée relativement pentue et se demande si elle ne va se trouver dans une impasse.

De ressentir la fraîcheur du lieu, son corps tremble et sous ses pieds nus, la pierre rocailleuse du sol les taillade. Cette marche lui semble interminable, son ventre lourd la fait souffrir, les contractions ressenties deviennent de moins en moins espacées, elles lui coupent le souffle.

Cet enfant qu'elle doit porter, elle ne le désire absolument pas. Il représente pour elle une monstruosité et accoucher va être une véritable délivrance.

Elle ne pense nullement à cet instant de le mettre au monde, dans de bonnes conditions.

Elle ressent plus des hauts de cœur et par la longueur de la galerie, Charline commence à désespérer d'y voir le bout, elle fatigue.

Puis lors de cette contraction si forte, elle doit s'arrêter de marcher et pousse un gémissement de douleur. Elle va accoucher, là, maintenant, cela est sûr, elle reste inerte se tenant le ventre.

Lorsque la douleur diminue, elle continue doucement sa marche et descend maintenant cette pente, en se tenant plus fermement à la paroi, avec la sensation de tomber à chaque pas.

Il lui semble reconnaître le bruit des vagues se brisant contre la paroi, ce qui lui fait croire qu'elle est proche de la mer et qu'elle va trouver certainement une sortie.

Cela lui redonne de la force et de la motivation pour continuer son avancée plus que périlleuse.

Et quand elle commence à percevoir la lumière du jour qui essaie de s'infiltrer, la joie de pouvoir sortir prend le dessus de tout ce qu'elle ressent.

Mais sa déception est grande, quand elle se retrouve au pied d'un amas de roches qui se dresse devant elle.

Elles se sont écroulées et ferment l'ouverture principale, laissant la lumière jaillir, mais rendant la sortie quasi inaccessible.

Charline désespère :

– Oh non ! Se dit-elle. Pas ça !

Des larmes coulent sur ses joues. D'avoir parcouru ce long et difficile trajet, elle est trop près de son but. Une angoisse la pénètre, la peur d'être rattrapée lui semble bien probable.

Déjà qu'elle trouve incroyable qu'elle ait réussi à faire tout ce chemin, sans que l'on soit à sa recherche.

Alors, courageuse, elle commence à gravir les blocs un à un, mais son ventre l'handicap, elle le maudit encore plus.

Sa chemise de nuit trop longue se prend sur ceux pointus et s'arrache à maints endroits. Difficilement, mais petit à petit, elle arrive tout de même à gravir chaque pierre au risque de basculer en arrière.

Ses mains s'écorchent ainsi que ses pieds, déjà bien meurtris. Elle a mal. Mais lorsqu'elle ressent toute la fraîcheur du dehors, dans ses yeux, un éclat d'espérance d'être sauvée, se lit.

Elle parvient à se hisser à l'extérieur par un simple trou, juste avant que les cailloux, se trouvant sous ses pieds, se mettent à glisser fermant définitivement la cavité.

 Ainsi calfeutrée, personne n'est capable de déceler en marchant dessus cet amas rocheux, qu'en dessous existe une galerie.

Mais lorsqu'elle se met debout, elle ne voit rien autour d'elle. Une épaisse brume lui fait barrage, elle aussi.

Du coup, de nouveau, elle marche à tâtons. L'herbe, sous ses pieds, a beau être aussi douce qu'un tapis douillet, ils lui sont très douloureux et chacun de ses pas est un supplice.

Par la rosée matinale, son visage se mouille et sa chemise s'en imbibe, ce faisant qu'elle ne cesse de grelotter par cette froideur qui l'enveloppe complètement.

Elle s'avance telle une personne aveugle, mais d'entendre le bruit des vagues de la mer toute proche, elle a l'instinct de se diriger vers elle.

Mais celle-ci lui réserve un mauvais sort en l'attirant. Charline se prend dans un piège où la mort est au rendez-vous, car soudain, elle ressent le vide sous ses pieds.

Elle essaie de s'agripper, mais ses bras flottent. Son corps bascule vers une chute terrible. Le vent s'engouffre allègrement dans sa chemise de nuit et tel un ange déployant ses ailes, elle dévale rapidement la falaise.

Un cri déchirant sort de sa bouche, elle entend le bruit des vagues très proches, mais ce sont les rochers bien en contre-bas, qui l'accueillent et la meurtrissent de toutes parts.

C'est le sable bien camouflé derrière, qui va lui concéder une place, en la recouvrant de son linceul doré.

Ne voulant l'ensevelir complètement, il laisse apparaître son visage. Malgré tous ses grains qui l'imprègnent, les prunelles si douces et si claires, que possède la jeune femme, restent ouvertes.

Elles donnent l'illusion de vouloir se confondre avec le bleu du ciel qui apparait.

4

Ce sont les habitants du village qui lui ont indiqué où se trouve l'atelier de poterie. L'homme arrive maintenant sur ce plateau verdoyant, surélevé par ces falaises dont la blancheur se reflète dans le bleu turquoise de la mer.

Le cadre de ce côté-ci de l'île est resté sauvage et en est magnifique. Mais toute l'attention de cet homme se porte vers un surfer qui maitrise sa technique.

L'homme descend de sa moto et s'approche au plus près du bord. De là, il domine aisément l'immensité bleutée. Il remarque cette forêt de pins bien au loin.

Les rayons du soleil, malgré l'heure matinale, promettent déjà une journée particulièrement chaude. A l'horizon, des voiles blanches se dessinent et un vol de mouettes passe au-dessus de sa tête.

Le surfer rejoint la plage et commence à se défaire de sa combinaison. Mais au moment où l'homme s'apprête à rejoindre sa moto, il fait face à une présence féminine. De voir cette longue chevelure blonde recouvrir ces épaules nues, l'homme ne peut détacher son regard et pensant être seule, cette femme n'hésite nullement à offrir sa nudité.

Dans ce cadre magique, elle lui apparaît irréelle. Pourtant, dès lors qu'elle attrape sa planche et commence à gravir ce talus qui va l'amener vers le plateau, l'homme s'empresse de démarrer.

Il arrive devant l'atelier de poterie, mais voit qu'il est fermé et pour cause.

Il se permet de contourner la propriété, sans rencontrer personne. Quand il aperçoit cette femme s'avancer vers lui, il comprend.

Elle se prénomme Lydie, celle-ci voit la moto près de son atelier ainsi que son pilote. De toute évidence, elle est attendue. Bien surprise, puisqu'elle n'ouvre que les après-midis.

Maintenant l'un et l'autre se font face. Cet homme est habillé d'un blouson en cuir marron avec un chèche blanc cassé autour du cou qui lui donne une allure folle. Il possède une chevelure d'un ton châtain très clair et ondulée, agréable au regard.

L'homme, lui, est subjugué par sa jeunesse. Malgré lui, il garde cette vision de l'instant passé et maintenant, il découvre les traits forts jolis que possède cette femme.

Il ne peut que la regarder avec insistance. Tout d'elle est d'une beauté pure, l'on décèle une certaine douceur venant de sa personne.
Sans doute est-elle apportée par sa chevelure bouclée et si blonde, ainsi que par ces prunelles vert clair. L'homme tombe immédiatement sous le charme.

Pourtant devant cette beauté, il doit vite se reprendre, car Lydie lui demande le motif de sa venue.

Il vient pour avoir une chambre et sans tarder, elle lui fait visiter celles qui sont libres.

C'est depuis le décès de son grand-père qu'elle a fait rénover l'un de ses bâtiments, ce qui lui permet d'acquérir des revenus complémentaires.

Mais l'homme qui vient ce matin, va être un client peu ordinaire. Il lui annonce dès qu'il a choisi sa chambre, ce pourquoi il est ici.

– Je suis commissaire de police, je viens enquêter par rapport à cette femme qui a été retrouvée sur la plage.

Lydie est au courant bien évidement. Mais elle ne pensait nullement qu'un flic viendrait se loger chez elle.

Elle est un peu déçue, jamais elle n'aurait cru par le physique si avenant de cet homme qu'il exerce un tel métier.

Elle le laisse donc s'installer et ne tarde pas à se diriger vers son atelier.

Elle est déjà très absorbée par la finition de ses peintures, lorsqu'elle voit une voiture de la gendarmerie qui s'approche. Lydie pense :

– Déjà !

Elle ne sort pas, se persuade que de toute façon, les gendarmes viennent voir le commissaire.

En effet, celui-ci ne tarde à aller au-devant d'eux et là, elle entend comment il se présente.

– Commissaire Ludovic Vaillant.

Comme la plupart des habitants, la jeune femme a été choquée d'apprendre cette triste nouvelle.

Cette femme est relativement jeune et d'y penser, cela lui donne des frissons dans le dos. Certains disent qu'elle a été poussée, d'autres qu'elle s'est suicidée.

Tout ceci est fort probable, l'endroit est réputé très dangereux et des panneaux signalent l'interdiction de s'y approcher, car de ce côté de l'île, les parois s'érodent et des plaques se détachent.

Un couple faisant son jogging matinal, après que la mer se soit retirée, l'a trouvée. C'est leur animal de compagnie, s'attardant à travers les rochers, qui a reniflé le corps.

Au village qui se trouve en contrebas ainsi que le petit port de pêcheurs, on ne parle que de cela et maintenant si un commissaire vient d'une grande ville, c'est que l'affaire est importante.
Cela fait maintenant trois jours que Ludovic Vaillant est arrivé et la jeune femme ne peut pas dire le voir souvent. C'est un vrai courant d'air, elle entend plus le moteur de sa moto qu'elle ne le rencontre en chair et en os.

Et c'est tant mieux, Lydie redoutait que le va et vient de la gendarmerie vienne perturber sa clientèle, mais en fait pas du tout.

Ce qui fait qu'elle continue à pratiquer ses activités sportives comme d'habitude.

Pourtant, certains soirs, elle le remarque, il la regarde du haut du plateau lorsqu'elle surfe et d'ailleurs, elle se demande si le commissaire le pratique aussi.

Lydie, sous les airs forts avenants de l'homme qu'elle a pressentis à son arrivée, doit se mettre à l'évidence qu'elle lui est complètement indifférente.

Elle reconnaît qu'il est bel homme. Mais pense très fort que de toute façon, tellement pris par son enquête, il n'a nullement le temps et l'envie de s'intéresser à elle.

Elle prépare chaque matin le petit déjeuner pour ses hôtes dans sa salle à manger, mais la plupart du temps, lui est déjà parti.

Pourtant, l'homme est loin d'être insensible à son charme. Mais il vrai qu'il est présent pour élucider une affaire et elle va se corser davantage avec ce qui va se passer les jours suivants.

Seul le ressac incessant des vagues se fait entendre. Le jour commence à pointer le bout de son nez et comme chaque matin, la brume recouvre le plateau et se veut être plus dense vers le bord des falaises.

C'est dans cette purée, qu'une ombre déambule. Le voile blafard se soulève d'un coup, certainement curieux de voir qui se permet de s'y aventurer.

C'est une femme, reconnaissable à sa très longue chevelure qui descend dans son dos et se balance d'un côté à l'autre. Elle ne porte vraisemblablement qu'une chemise de nuit et marche pieds nus.

Si l'on s'approche au plus près d'elle la stupéfaction est de reconnaître Cynthia.

Elle regarde souvent derrière elle comme si elle craint d'être rattrapée et dans ses yeux, la frayeur s'y dégage. Sur ses joues, on ne sait si c'est de courir qui les mouille ou des larmes. Sa silhouette ne démontre plus son état d'avant.

Soudain, elle stoppe sa fuite et se recule, car le vide se présente et la grande bleue lui fait face. Ainsi, elle reprend son souffle.

Elle voit cette immense boule rouge- orangée qui s'élève à l'horizon. Celle-ci projette ses rayons immenses. C'est une véritable palette de nuances de rouge et de jaune qui s'étale au fur et à mesure qu'elle monte dans le ciel et les balles de coton grises disparaissent.

Les reflets viennent aussi caresser les vagues et cette lumière éclabousse les yeux de la jeune femme.

Devant cette renaissance matinale, Cynthia, telle une statue, ne bouge plus, subjuguée par tant de beauté. Son souhait d'immortaliser ce décor fantastique entre en elle. Cela l'invite à écarter ses bras, tout comme le font les oiseaux afin de réchauffer leurs ailes.

Elle veut s'offrir toute entière à ce tableau magnifique.

La plage s'invite à regarder vers cette croix si blanche qui se dessine au-dessus d'elle et l'instant lui semble féérique. Sans un cri, Cynthia s'élance dans le vide.

Le corps se dirige vers la paroi. Celle-ci ne le désire pas et le fait rebondir telle une balle. Il finit sa chute mortelle sur les pointes rocheuses qui, sans ambages, l'empalent.

Elles ressemblent fortement à des flammes par leur forme qui se dresse le plus possible, elles cherchent à aller lécher le ciel.

Toute la source emprisonnée du corps jaillit et laisse volontiers couler de fins filets rouges qui viennent imprégner la chemise de nuit blanche.
Ils poursuivent leur coulée sur la roche immaculée.

Toute l'expression des prunelles restées ouvertes de Cynthia à cet instant précis, paraît comme soulagée, apaisée, mais la couleur si bleue devient d'un coup noir et ainsi perd tout son éclat.

On peut déceler malgré tout sur ses lèvres un rictus, il apparaît comme un dernier sourire.

C'est une certitude, la fin de tout mauvais traitement et mauvaises intentions envers sa personne. Une réelle libération pour l'éternité.

Malgré cette fin désirée, la mer elle, ne veut assister plus longtemps à cette tragédie et se recule aussi vite qu'elle le peut.

Seul, un vol de mouettes surgit et celles-ci filent sans même prendre en compte ce qui vient de se passer. Mais finalement comme si quelque chose leur avait échappé, elles s'empressent de faire demi-tour et maintenant tournoient constamment au-dessus du cadavre, en poussant leur cri strident qui résonne contre les parois.

On pourrait penser à une lamentation venant de leur part, mais voraces et chapardeuses, elles ne se font pas prier pour venir le déchiqueter.

Toute la brume s'est dissipée et la nuée des volatiles sur les rochers ne passe nullement inaperçue. C'est un cavalier, Tristan, l'ami d'enfance de Lydie qui va se confronter à cette macabre découverte.

Bien souvent, il fait galoper son étalon au petit matin.

Il se rapproche, intrigué de voir autant de mouettes et celles-ci, de le voir s'envolent, laissant à contre cœur leur trésor.

Le jeune homme en est abasourdi de voir comment la roche est à travers le corps. Et de comprendre qu'il appartient à une femme, il n'ose aller le voir de plus près, préfère rentrer afin d'alerter les secours. Il part donc au grand galop et l'étalon ne se fait pas prier.

Lydie ce matin n'est pas allée surfer car c'est le jour du marché. Et c'est en revenant chez elle, qu'elle croise des cavaliers.

Tristan ne tarde pas à descendre de sa monture afin de venir saluer son amie. C'est ainsi qu'il lui apprend cette terrible nouvelle. Et lorsqu'il lui fait la description de sa mésaventure, il paraît encore choqué.

Pour le commissaire Vaillant, l'évidence est qu'il se passe des choses terribles sur l'île par ce fait nouveau.

5

Lorsque Lydie peut de nouveau accéder à la plage et pratiquer ses activités sportives, elle opte ce dimanche d'aller courir. Le soleil réchauffe déjà les jambes des falaises et la mer s'est retirée un peu plus loin, ce qui lui permet de poursuivre sa foulée, au-delà du deuxième bras de roche qui s'allonge vers la mer, et qui enclave ce coin de plage.

Quand elle reprend son souffle, elle vient s'asseoir près des immenses rochers. Face à la mer, elle porte son regard vers tous ces bateaux qui quittent le chenal du port et prennent le large.

Les petits voiliers disparaissent dans le creux des vagues, semblant ne plus pouvoir faire surface, alors que les trois mats plus conséquents et performants les devancent, faisant claquer leurs voiles blanches dans le vent et ceux-ci ont belle allure.

Les mouettes survolent les chalutiers des marins pêcheurs qui rentrent, chargés de leurs cales, certainement pleines à ras bord.

Au moment où elle veut reprendre sa course, Lydie aperçoit des cavaliers qui s'avancent vers elle. Ce doit être Tristan.

Il dirige le ranch se trouvant juste derrière ces dunes qui cachent une belle forêt de pins. Pendant la saison estivale, le jeune homme doit accompagner ses groupes afin qu'ils ne se dirigent vers ces lieux, où des blocs se détachent et s'écrasent sur la plage.

La beauté des montures est remarquable, les voir dresser fièrement la queue dans ce courant rapide du galop, ils se défient constamment.

C'est ce bel étalon très noir qui prend une large avance. Le cavalier le fait ralentir au moment où il remarque la présence de la jeune femme. Il a reconnu son amie Lydie.

Rapidement Tristan quitte ceux qu'il encadre et ne tarde pas à mettre pied à terre. Le jeune homme tient solidement les rennes, l'étalon a les naseaux très mouillés, nerveux, il se cabre à plusieurs reprises.

Apparemment de ne pas suivre ces adversaires le contrarie. D'un tempérament compétiteur, l'on imagine sa déception.

Tristan est tout sourire et dans ses yeux très noirs, se reflète un éclat qui ne peut laisser indifférent la jeune femme. Le jeune homme est très grand.

De le voir vêtu d'un pantalon blanc avec ce polo mettant en avant le nom du ranch, « Équipia», cela lui donne une certaine élégance. Par son physique, le jeune homme est très sollicité par la gente féminine, mais lui n'est qu'attiré par Lydie.

Ils se connaissent depuis l'enfance et au fil du temps qui passe, l'amour qu'il ressent envers la jeune femme prend toute son importance.

Maintenant qu'elle est revenue s'installer sur l'île depuis le décès de son aïeul, le jeune homme se promet de tout mettre en œuvre, afin de conquérir son cœur.

Partie vivre avec un autre homme, lui a provoqué un chagrin fou.

Il se met à travailler d'arrache-pied en collaboration avec son père au ranch, ainsi il veut faire en sorte d'abolir des sentiments trop présents.

Mais telle une véritable obsession, toutes ses pensées ne se sont tournées que vers cet espoir de l'aimer. Une souffrance quotidienne s'installe dans son cœur.

Par l'insistance de ces femmes très jolies, Tristan, de son manque affectif, a fini par céder à leurs avances. Il en prend du plaisir, mais cela ne reste qu'un besoin sexuel, aucune n'a réussi à ce jour à faire oublier cet amour, bien ancré dans son cœur.

Lydie a été trahie par l'homme qu'elle aime, et depuis a bien du mal à s'ouvrir à de nouvelles expériences.

Le chagrin subi fait qu'elle s'est quelque peu renfermée sur elle-même et il lui semble presque impossible de pouvoir aimer de nouveau.

De se retrouver à vivre ici seule, cela l'a remise dans un autre contexte, plutôt bénéfique pour elle. Ce cadre et ses activités font qu'aujourd'hui, ils lui permettent de se ressourcer.

Mais depuis la venue soudaine de ce commissaire, Lydie ressent une forte inspiration d'essayer de s'aventurer dans une nouvelle et belle histoire.

L'homme l'attire, c'est une évidence. Son charisme l'impressionne et une envie de se rapprocher de lui commence à prendre le dessus.

Tristan, elle l'aime bien, cela est sûr, mais elle le connaît trop. Il est loin pour elle le temps où adolescente, elle en était amoureuse et se laissait aller à répondre à ses baisers.

Elle n'est pas dupe, voit comment il fait des efforts pour lui être agréable. Elle apprécie vraiment, mais elle ne ressent plus, malgré le charme émanant de lui, ces élans spontanés pour aller se blottir dans ses bras ou l'envie de l'embrasser.

Les jeunes gens se font face, mais semblent, l'un comme l'autre, être dans leurs pensées respectives, ce qui fait qu'ils ne prêtent nulle attention à ce fracas causé par un morceau de la roche qui vient de se détacher.

Seul le pur-sang réagit par la peur que cela lui procure et tire sur les rênes afin de s'éclipser.

Et c'est bien grâce à lui, que les jeunes gens reviennent à la réalité et Tristan voit cette coulée qui dévale et s'étale sur la plage.

Il comprend qu'il n'y a pas un instant à perdre, et craignant d'autres éboulements au risque de leur faire barrage, il monte sur sa monture, allonge son bras afin d'empoigner la main de Lydie pour qu'elle vienne s'asseoir derrière lui.
Et s'en plus attendre, il fait partir au grand galop sa monture qui, heureuse de pouvoir s'adonner à essayer de récupérer ces adversaires, se prend au jeu.

Lydie se tient en entourant ses bras sur le torse du jeune homme, l'étalon lui paraît fou, elle ferme les yeux. Quant à Tristan, il jubile de la sentir tout contre lui, de sauver sa belle, le rend aussi fougueux que son cheval.

Ainsi, il l'emmène jusqu'au ranch et d'entendre un groupe de cavaliers, le commissaire Vaillant abrège la conversation qu'il entretient auprès du père de Tristan.

De voir arriver au galop ce couple et reconnaissant Lydie, Ludovic Vaillant se surprend à ressentir un sentiment de jalousie. Il se persuade que ces deux-là ne peuvent qu'être ensembles.

Il voit la jeune femme descendre de cheval et ne peut défaire son regard d'elle. Lydie, qui ne porte qu'un short assez court et un débardeur de la même couleur vert turquoise que ses yeux, associés à sa peau relativement bronzée, cela la rend encore plus séduisante.

Il remarque aussitôt que les autres cavaliers, malgré leur occupation à brosser leurs montures, ne se gênent pas pour admirer ces jolies jambes fuselées qu'elle possède.

Et quand le père de Tristan l'invite à le suivre jusque dans les écuries, Ludovic Vaillant accepte volontiers.

Il se trouve maintenant devant un tableau plus que remarquable, offert par la chevelure très brune de ce jeune homme, avec sa carrure imposante et son regard noir, mais dont la brillance reflète joyeusement un air des plus malicieux.

Le contraste donné par la blondeur dorée de la jeune femme à ses côtés, la couleur lagon, si prononcée, que renvoient ses prunelles, un photographe donnerait cher pour capter ce moment incomparable et même un peintre serait ravi d'immortaliser ces deux-là.
Leur jeunesse, leur beauté naturelle ne peuvent que faire rêver tout artiste.

Ludovic Vaillant se sent d'un coup comme un intrus. Ne pas pouvoir faire partie de cette toile le rend très jaloux.

A l'évidence, cette jeune femme, qui se présente dans sa vie, lui fait éprouver de véritables émotions, de regarder Lydie avec tant d'insistance au point que celle-ci en ressente une gêne terrible, faisant qu'elle quitte rapidement le groupe et se dirige vers le box avec le cheval.

Elle a senti qu'elle rougissait et son cœur cogne fort dans sa poitrine. Elle ne désire absolument pas que l'on puisse déceler son état émotionnel.

Les yeux du commissaire sont trop insistants et lui démontrent bien qu'elle ne lui est pas indifférente. Elle en est ravie, elle le souhaitait, mais en même temps, cela l'intimide.

Elle ne peut rester plus longtemps à s'occuper de l'animal, se doit de revenir et heureusement pour elle, l'homme vient de remonter sur sa moto et s'éloigne.

Ludovic Vaillant, dès le premier jour, la présence de Lydie lui a fait ressentir des sensations qu'il avait presque oubliées. Sa beauté naturelle l'a complètement subjugué.

Aujourd'hui il est seul, la femme qu'il l'aimait n'a pas voulu vivre plus longtemps auprès de lui. Par son métier, Ludovic Vaillant est constamment confronté à des situations difficiles et dangereuses, sa compagne désirant un enfant, ne supporte plus de vivre avec la peur au ventre de le perdre.

Pour lui, c'est son choix de faire en sorte qu'il y ait moins de délinquance, moins de viols, moins de violence, cette vie professionnelle lui est très importante, ce qui a rendu les choses difficiles pour cette femme.

Du chagrin ressenti, il part à l'étranger, plus particulièrement dans ces pays de l'est, là où le trafic de jeunes femmes est le plus terrible.

Et alors qu'il fait un séjour sur cette île, on vient le chercher pour cette enquête, pourtant il est en vacances.

Il accepte, mais sans grande conviction. Maintenant, il conçoit que cette rencontre peut changer le cours de son existence. Il fait en sorte de ne pas s'en occuper, elle est trop jeune vis à vis de lui, mais lorsqu'il l'aperçoit travailler dans son atelier de poterie, il ressent tellement l'envie de s'y rapprocher. Plusieurs fois, en toute discrétion, il l'a regardée.

Est-ce la blondeur de sa chevelure ou ses yeux qui le fascinent, tout d'elle semble être parfait.

Comment peut-elle vivre seule ? Il s'avoue ne pas comprendre. Mais d'avoir rencontré ce grand gaillard, maintenant il est bien frustré.

Ludovic Vaillant s'est entretenu auprès du père de Tristan ayant eu connaissance que l'homme a travaillé à l'extraction de la pierre si recherchée que l'île recèle.

En effet, pendant de nombreuses années, sa pierre si blanche en a fait sa réputation et elle était acheminée par voie navigable.

Mais des éboulis répétitifs, dont le dernier a enseveli les hommes qui y travaillaient, ont fait l'abandon de toute nouvelle extraction.

La mer, au fil des grandes marées, a contribué à fragiliser les galeries et elles se sont trouvées fermées naturellement par les rochers. Ainsi, il a été préférable d'arrêter tout chantier.

Le commissaire Vaillant a bien du mal à comprendre d'où ces jeunes femmes peuvent venir. Leur similitude sur plusieurs points l'intrigue particulièrement.

Leur blondeur, le même vêtement et surtout d'avoir retrouvé sur elles cette très belle chaine en or avec ce pendentif bien spécifique.

L'une d'elles était prête à accoucher et la seconde avait subi une césarienne d'après le médecin légiste. Ludovic Vaillant pense à ces mêmes trafics de jeunes femmes.

La plupart très pauvres se laissent influencer pour venir en France et elles se retrouvent dans des maisons dites closes. Mais ici rien ne correspond à cela.

Leur jeunesse lui fait mal au cœur, il enrage, car toutes ces investigations jusqu'à maintenant n'aboutissent à rien.

Il s'est dirigé vers le piton rocheux de l'île où domine cet hôtel. Mais là rien ne lui a indiqué quelques pistes.

Pourtant, le commissaire par son métier, ses expériences, reste très suspicieux et sait poser les questions qui mènent à mal ceux qu'il interroge, mais là, il a affaire à des individus plus malins, voire beaucoup plus malsains.

Ainsi, la visite de l'établissement est restée si l'on peut dire en quelque sorte en surface. Il est certain que ses profondeurs sont bien camouflées et cette madame Fischer, sous ses airs stricts, est dans la confidence.

Elle travaille ici depuis fort longtemps et en connaît tous les recoins si secrets soient-ils. Et c'est par ces compétences que ce jeune directeur lui fait une totale confiance.

Les clients, que les trois jeunes femmes servaient, se sont littéralement volatilisés au même moment, ainsi aucun témoignage ne peut être retenu, tout comme le personnel qu'elles ont pu croiser.

Madame Fischer, de prendre connaissance de ces faits malheureux, se demande ce qu'est devenue la troisième fille. Et sachant que Cynthia avait accouché, elle ressent tout de même de la satisfaction et compte encore sur Cristal. Deux embryons sur trois, cela serait déjà une belle réussite.

Si le commissaire Vaillant avait pu lire dans ses pensées, ainsi que dans celles du jeune directeur de l'hôtel, il est certain qu'ils auraient, l'un comme l'autre, subi un châtiment à la hauteur de leurs horribles manipulations.

Le commissaire se résigne à quitter l'hôtel et traverse toute l'île sur sa moto. Il fait en sorte de longer sa côte, tellement agréable, mais il se sent triste.

De ne pas réussir à avancer dans ses enquêtes, cela le mine terriblement, malgré sa pugnacité à vouloir les élucider.

Sa crainte est de faire de nouveau face à d'autres découvertes macabres, l'existence de ces anciennes galeries le travaille, il se persuade d'y trouver des indices précieux.

Mais pour l'instant, malgré ces turpitudes, il savoure de se retrouver dans cet endroit. Quand il arrive en soirée et aperçoit l'atelier de poterie, il s'arrête et vient tout près du bord de la falaise.

Il est surpris et en même temps heureux de constater que Lydie est sur sa planche. Elle n'est pas seule, d'autres surfeurs l'accompagnent.

De les voir défier les plus hautes vagues avec tant d'insouciance, cela lui fait un grand bien. La mer remonte, à l'horizon, des bateaux rentrent au port.

Restent sur le peu de plage encore disponible quelques touristes, en fait ce sont ceux logés, tout comme lui, chez la jeune femme, des italiens et des espagnols.

Comment croire que, quelque part dans ce cadre si beau des jeunes femmes, subissent les pires supplices ? Rien ne peut le démontrer au premier abord et cela donne toute la complexité.

Dans son for intérieur, il se maudit de piétiner de la sorte. Il rentre, mécontent et fatigué, sitôt sa douche prise, il ne tarde à aller se coucher.

6

Le lendemain, Lydie, persuadée que tous leurs occupants sont déjà sortis, s'apprête à faire l'entretien de leurs chambres. Elle va commencer par celle du commissaire.

Entrant sans allumer la lumière, elle tire sur le premier double rideau afin d'ouvrir la fenêtre, quand elle s'aperçoit avec étonnement que l'homme est encore présent.

Il est allongé sur le ventre et son corps est nu. De remarquer de la paperasse éparpillée, elle pense qu'il a dû travailler une partie de la nuit.

De le voir ainsi, elle ressent une certaine gêne et en même temps ce corps musclé et bronzé, lui donne l'envie d'aller le toucher.

Tout son propre corps est pris d'une frénésie indescriptible. Mais alors qu'il semble se réveiller, elle se précipite à remettre le rideau comme avant et marchant sur la pointe des pieds, elle quitte hâtivement la pièce. Elle l'entend se lever, elle redoute qu'il ne l'ait vue.

Ne voulant rester ici, elle préfère quitter le bâtiment et se dirige vers son atelier de poterie. Elle se sent toute fébrile, garde les images de ce corps d'homme, cela la perturbe. Elle le trouve terriblement excitant. Elle sourit en y pensant, mais malgré tout, elle s'en veut de l'avoir vu à son insu. Pourquoi n'a-t-elle pas fait attention ?

Habituellement les clients laissent, une fois partis, la clé dans la serrure, ainsi elle sait que la chambre est libre. Là sans savoir pourquoi, elle est entrée, il faut dire aussi que la chambre n'était pas fermée. Il a peur de rien cet homme !

Elle essaie de ne plus y penser. De toute façon, il ne l'a certainement pas vue et heureusement. S'il s'était réveillé en sa présence, elle se serait sentie mal et lui tout autant. Elle préfère attendre qu'il s'en aille, afin de faire le ménage dans les autres chambres.

Alors qu'elle se concentre sur son travail, très absorbée, elle ne peut entendre Ludovic Vaillant qui vient d'entrer, voyant la porte de l'atelier ouverte. Ayant mis un fond de musique, ce dont elle a besoin pour créer, ainsi Ludovic Vaillant reste à la regarder.

Elle est assise dans ce recoin et face à son tour, elle travaille la glaise. Il remarque comment ses mains sur la matière lui permettent, petit à petit, de donner la forme voulue, une cruche en apparence. De l'un de ses doigts, la jeune femme aplatit une partie du haut donnant forme au bec verseur, puis l'air d'être satisfaite de sa hauteur et de sa largeur, elle y colle une anse.

Ludovic Vaillant se rend compte des rayons du soleil qui transpercent les carreaux de la fenêtre et qui viennent caresser ce visage tellement angélique. Elle mordille sa lèvre inférieure, tout comme le fait un enfant studieux.

Ludovic, pendant ces instants, est en pleine admiration, autant devant sa beauté que devant ses prouesses réalisées.

Le talent qu'elle déploie dans ses créations est admirable, par les couleurs qui ressortent et la forme de ses dessins. Tout ceci réuni fait qu'elle donne vie à des pièces uniques.

Ludovic ne veut la surprendre, il s'avance, mais n'ose continuer. Il est envoûté, et d'apercevoir cette goutte de sueur s'échappant de son front, qui se met à couler sur sa joue jusqu'à atteindre son menton, elle ne s'arrête point et va plonger dans l'échancrure de la robe chemisier, laissant entrevoir la dentelle de son soutien-gorge.

Un désir indescriptible monte en lui.

La jeune femme a fini son ouvrage, elle se lève et pose sa création sur l'étagère où attendent toutes celles qui vont devoir passer au four. Elle ne l'a toujours pas vu.
Elle va se laver les mains, se défait du foulard, ainsi ses cheveux tombent sur ses épaules, c'est une masse dorée et bouclée qui s'étale.

L'homme la trouve magnifique, il s'avance maintenant au plus près et lorsque Lydie se retourne, elle sursaute de le voir ici. De se tenir devant la fenêtre, la robe en voile rose qu'elle porte laisse deviner par sa transparence et sa légèreté son corps superbe.

Ludovic Vaillant lui sourit, mais elle est tellement surprise qu'elle ne lui répond pas et l'homme ne peut plus se contenir, il s'élance et la colle contre lui, sans brutalité.

Avec une infinie douceur, il prend son visage dans ses mains et attire ses lèvres vers les siennes. Le baiser est si tendre que Lydie ne cherche même pas à s'écarter de lui. Il pénètre délicatement dans sa bouche et cherche à caresser sa langue.

Lydie se laisse complètement aller et lui offre volontiers. Du plaisir ressenti, dans son ventre, une folle excitation s'installe.

De se livrer à lui, l'homme la serre davantage contre son torse. Il hume son odeur, certainement la rose, c'est très doucereux, la chaleur de son corps le transporte.

Il se retient, mais éprouve une envie terrible d'entrer en elle. Son membre se durcit trop. Toute cette chevelure merveilleusement blonde, il l'embrasse, comme elle sent bon. Ses mains veulent la toucher partout, elles descendent le long de son dos, ses gestes sont très tendres et Lydie, de les ressentir, tremble de ce plaisir qu'il lui procure, c'est tellement fort.

De nouveau, il veut goûter sa bouche, et ce baiser dure plus longtemps, leurs langues semblent ne plus vouloir se quitter. Puis, Lydie cache son visage sur son épaule et lui continue à lui caresser les cheveux avec une infinie douceur. Il veut la regarder et l'invite à lui offrir de nouveau son visage si beau qu'il prend entre ses mains. Il le regarde un long moment, plongeant de tout son saoul dans les prunelles si vertes qu'elle possède. Elle est tellement belle.

Ils n'ont pas entendu le moteur du véhicule qui s'approche. Ce moment merveilleusement intime est soudainement interrompu, par l'arrivée de Tristan.

De voir le couple enlacé, dans les yeux du jeune homme, se distingue nettement tout ce qu'il peut ressentir.

Une colère brille dans tout ce noir, elle s'empare de lui et il ne peut la maitriser.

Ludovic le ressent parfaitement et avant même que l'autre ne puisse se lancer contre lui, il fait en sorte de s'éloigner de la jeune femme.

Tristan fougueux, plein d'amour pour son amie, s'élance comme un fou vers le commissaire. Celui-ci, suivant régulièrement un entrainement spécifique, réussit à évincer le premier coup donné. Les deux hommes se battent, le commissaire n'arrive pas à maitriser le jeune homme, sa hargne est à son paroxysme et décuple sa volonté de frapper cet homme.

Dans l'atelier, les poteries posées sur les étagères volent en éclat et se fracassent sur le carrelage, Lydie se met à crier après les deux hommes afin qu'ils s'arrêtent, mais autant le commissaire le désire autant Tristan est bien décidé à lui casser la figure.

Ce flic le met hors de lui, prendre la femme qu'il aime lui est impensable. Le commissaire arrive malgré tout à l'immobiliser lorsqu'il se trouve à terre. Ludovic, assis sur lui, le maintient jusqu'au moment où Tristan semble reprendre son calme.

Il saigne du nez tout comme le commissaire et ses lèvres ont éclaté. Lorsque Ludovic se redresse, le jeune homme se relève difficilement, il semble être un peu sonné.

Lydie de les voir ainsi, ne veut s'en mêler, une partie de son travail est en miette, cela la désespère et lorsque les deux hommes sortent au dehors, elle flanque violemment la porte derrière eux et s'enferme.

Tristan dans son regard envers le commissaire démontre ce qu'il ressent, il remonte dans son véhicule et part rapidement. Ludovic se dirige vers le bâtiment des chambres.

Il est bien navré de ce qui vient de se passer, mais une chose lui est certaine, Lydie n'est pas amoureuse du jeune homme, comme il se l'était imaginé.

Celle-ci est très furieuse, mais par chance, dans toute cette pagaille, ces plus belles créations n'ont pas été touchées. Parmi les débris, elle trouve des documents. Ce sont ceux laissés par Tristan, il les amenait au commissaire.

D'avoir aperçu son amie dans l'atelier, il s'apprêtait à venir la saluer. De la voir dans les bras de ce flic, son sang n'a fait qu'un tour, une douleur terrible dans sa poitrine s'est installée, il n'a rien pu contrôler, c'est son cœur meurtri qui a tout déclenché.

Lydie n'a connu pareille situation, deux hommes en venir aux poings par les sentiments qu'ils ressentent pour elle. Elle réalise que, depuis la venue du commissaire, des évènements majeurs se produisent.

Et ce n'est qu'en fin de soirée qu'elle le revoit au moment même où elle remonte le petit talus. Elle tient sa planche de surfeur, et d'entendre le bruit d'un moteur de moto, elle sait que cela ne peut qu'être le retour du commissaire.

De la voir arriver sur le plateau, l'homme n'hésite pas un instant à se diriger vers elle et s'arrête. Il enlève son casque et descend de sa bécane.

Il s'approche au plus près du bord de la falaise, il fait très doux et à cet instant, il se sent bien.

Lydie est maintenant toute proche, Ludovic la regarde et lui sourit, la jeune femme plonge dans ses prunelles miel dorées, comme elle le trouve beau.

Sans se dire un seul mot, désirant l'un comme l'autre balayer ce qui s'est passé des heures plus tôt, ils préfèrent profiter de ce superbe moment que la nature leur offre. Sur la grande bleue, son ami le soleil se lasse d'avoir tant brillé, il se laisse doucement happer et l'horizon se pare de son resplendissant coucher.

Le poster est d'une incroyable beauté, la blancheur des mouettes crieuses parsème quelques taches à l'intérieur tout comme ces voiles qui se bousculent, afin de rentrer au port.

En dessous de leurs pieds, la mer est haute, les deux bras de roche sont tout recouverts et déjà les vagues claquent contre les falaises les plus proches. Le commissaire, tout comme Lydie, semblent être hypnotisés par ce décor si authentique.

Et de pouvoir vivre ces instants dans ce cadre magique, Ludovic ne peut se contenir plus longtemps. La présence de la jeune femme lui provoque trop de sensations, son envie de la prendre dans ses bras devient irrésistible.

Il ne veut la brusquer, frôle sa main comme une caresse, puis la prend toute entière et la porte à ses lèvres, il l'embrasse. Elle a un goût salé. Puis doucement, il approche le corps de la jeune femme contre lui, elle se laisse faire. Très vite, il se penche vers sa bouche rouge comme un bonbon, elle aussi a ce même goût salé.

Lydie ressent cette excitation qui s'empare de son ventre, les caresses données de cette langue la transportent complètement.

Elle sent ses jambes se dérober, il la maintient fermement, son envie d'elle le rend fougueux d'un coup. Ses mains veulent la toucher de partout, elles lui caressent la tête, descendent le long de son dos, et vont jusqu'à ses fesses.

Lui, la veut, là, maintenant. Sans attendre, il la fait monter derrière lui et rapidement atteint la propriété.

C'est dans la chambre de la jeune femme qu'ils se retrouvent. L'envie de la toucher, de l'aimer est à son comble, mais c'est avec des gestes d'une douceur extrême qu'il la déshabille.

Totalement nus l'un comme l'autre, Ludovic porte la jeune femme sur le lit. Il prend le temps de la regarder, elle possède un corps fin mais musclé et la couleur caramel de sa peau lui donne encore plus de beauté, accompagnant toute cette blondeur et le vert si magnifique de ses prunelles.

L'homme est beau lui aussi, bronzé et musclé et dans son regard miel doré reflète toute son envie. Il s'approche de ce corps qui se présente dans toute sa splendeur, l'embrasse de partout, sa peau merveilleusement douce, ce parfum qui s'en dégage, l'enivrent complètement.

Et c'est un jeu à quatre mains qui ne va cesser de glisser sur leur corps, recherchant et donnant tout le plaisir accompagné de coups de langue dans leur bouche, décuplant leurs sensations.

Ils s'aiment pendant une partie de la nuit. Leur ardeur semble inépuisable. Et lorsqu'enfin rassasiés d'avoir donné tant de caresses, d'avoir ressenti tant de jouissance, enlacés, ils sont emportés dans un profond sommeil.

Au petit matin leur bonheur d'être ensembles les rend encore plus euphoriques.

Sous l'eau de la douche, leur envie les reprend et leurs deux corps, aussi beaux l'un que l'autre, se donnent dans un véritable balai de caresses, de baisers à n'en plus finir.

Le membre dressé pénètre dans toute la toison dorée et dans ce va et vient presque bestial, des lèvres charnues et si rouges de la jeune femme, des cris s'échappent. Ils supplient après de la douceur, mais la ferveur de l'homme ne s'arrête, alors elle s'accroche à ses épaules.

Il lui lèche le bout de ses seins, elle gémit du plaisir que cela lui transmet, il lui prend de ses mains ses fesses et les presse contre son corps afin de mieux la pénétrer. La profondeur de toute cette chaleur en elle, l'excite trop. Il cherche, à travers cette pluie qui ne cesse de tomber, sa bouche, veut tout prendre d'elle.

Mais alors qu'un rapprochement se réalise entre Lydie et le commissaire, deux jours plus tard, il lui annonce son départ. Celui-ci imprévu a été précipité lors d'un appel téléphonique. Ludovic Vaillant ne peut en révéler les raisons, cela est purement professionnel.

Et dans les yeux de la jeune femme, il n'y voit plus cette clarté merveilleuse, c'est un regard dur et interrogatif qui le remplace.

Ludovic, afin d'apaiser sa peine, s'apprête à la prendre dans ses bras, mais Lydie est tellement déçue que d'un geste brusque elle le repousse et quitte l'atelier où ils se trouvent.

Au dehors, elle ne se dirige pas vers sa salle à manger, mais s'enfuit littéralement vers la falaise.

Lui, la regarde courir, et se sent désappointé. Il espérait une conversation, mais de la façon qu'elle réagit, il comprend qu'il ne faut pas qu'il insiste.

Il enfile son blouson en cuir, met son casque et ne tarde à démarrer sa moto. Avant de partir, son regard est porté une dernière fois vers où Lydie s'est éclipsée dans l'espoir de la revoir, mais peine perdue.

Lydie entend le bruit du moteur qui s'éloigne et lorsqu'elle revient sur ses pas, l'homme est déjà bien au loin.

La jeune femme se sent quelque peu trahie, elle s'en veut de s'être laissée aller à démontrer ses sentiments.

Des larmes coulent sur ses joues, mais plus par rage que par chagrin. Il ne sait quand il va revenir, c'est ce qu'il lui a dit et c'est cela qui la met en colère.

Furieuse, elle prend sa planche et va s'élancer sur les vagues à corps perdu. Pendant des heures, elle reste à les défier, voulant abolir ce qu'elle ressent. Puis croyant s'être apaisée, elle s'allonge sur le sable.

Mais malgré elle, elle repense à ces moments si agréables.

Cependant, elle ne peut pas se faire à l'idée de ne pas le revoir, elle sait pertinemment que ses enquêtes, sur la découverte des corps de ces deux jeunes femmes, n'ont pas été élucidées.

Elle garde espoir.

Ludovic Vaillant, tout en quittant l'île, ne cesse de penser à la jeune femme. De la laisser de cette façon, lui provoque de la peine. Il ne connait même pas son nom de famille.

7

L'embryon qu'a porté Cynthia se révèle être un garçon et l'équipe, qui s'en occupe, voit son évolution avec ébahissement.

En quelques semaines seulement, le stade de nourrisson est déjà révolu et laisse la place à la morphologie d'un enfant de deux ans.

Ses capacités intellectuelles sont exceptionnelles pour cet âge, les généticiens réalisent ce qu'ils ont réussi à créer et jouissent des prouesses du petit.

S'ajoute à cela le bonheur qu'ils éprouvent lors de la naissance de ce deuxième garçon, donné par Cristal. Lui aussi a des capacités remarquables.

Les généticiens sont ravis de leurs premiers petits génies.

Bien loin la contrariété de la fuite de Charline, elle portait une future fille.

L'insémination est mise au point tout comme cette puce qu'ils insèrent au niveau du cerveau du fœtus, ainsi celui-ci est déjà au service des chercheurs afin de le faire évoluer bien avant sa naissance, d'où les connaissances incroyables des deux garçonnets.

Cette puce possède des pouvoirs difficiles à imaginer, totalement sous le contrôle des généticiens, chacune d'entre elles va leur permettre d'analyser et de contrôler les individus porteurs.

Ainsi cette nouvelle race humaine, en voie de se créer, va faire l'objet de nouvelles réalisations et abolir dans tous les domaines ce dont ils ne voudront plus, en faire de même avec les hommes et les femmes.

Le pouvoir de maîtriser toute vie sur la terre, voire pourquoi pas la nature elle-même, anéantir des technologies existantes et en établir d'autres à leur image.

Un projet qui prend vie et dont l'envergure, s'il se réalise, ne peut que faire peur.

Dans ces premiers temps, leurs désirs sont de pouvoir avoir à leur disposition d'autres jeunes femmes porteuses et déjà Cristal a été de nouveau inséminée.

Mais sachant qu'elle va porter encore un mâle, la ferme détermination d'une naissance d'une petite fille avec leur procédé d'insémination leur est indispensable, puisqu'il se révèle être d'un très court temps de gestation.

Ces généticiens sont littéralement machiavéliques déjà par le sacrifice de jeunes femmes et cela ne les interpelle nullement.

Quant à être sûrs que leurs futurs petits monstres de connaissances vont gentiment accomplir les prouesses tant espérées, de cela ils n'en savent strictement rien.

Tout n'est qu'hypothèse et ont-ils pris toutes les mesures nécessaires si éventuellement c'était un échec ? Cela peut très bien se retourner contre eux ! Ils ne le savent pas et ne sont nullement préparés à cette situation, si cela se produit.

Tout n'est que prémisse, beaucoup d'interrogations sans vraiment de réponse.

C'est jouer avec des êtres humains à moitié robotisés ! De vrais apprentis sorciers !

Et celle qui subit dans l'immédiat est Cristal, ne devenant qu'un ventre pour ces chercheurs.

Et de cela, son lot quotidien n'est qu'examens médicaux en tout genre, une vie qui se déroule dorénavant dans un univers où existent uniquement des micro-ordinateurs, des analyses et des traitements que son corps doit accepter sans son avis.

Elle ne devient qu'une machine à reproduire. Les généticiens masqués et gantés, le nez sur les microscopes élaborent dans leurs laboratoires de nouveaux procédés ou remplissent quantité d'éprouvettes de couleurs différentes, sans jamais se soucier de ce qu'elle peut ressentir.

Intenter à sa vie devient sa principale quête, mais d'être en étroite surveillance, cela lui devient quasi impossible.

Branchée à diverses sondes et de lui faire ingurgiter des potions bien spécifiques pour le développement de l'embryon, la jeune femme désespère de se sortir de ce véritable calvaire.

Parfois, elle en arrive même à penser qu'elle se trouve dans un rêve et qu'elle va bientôt se réveiller.
Elle prie chaque jour que son cœur lâche afin de ne plus subir. Elle rêve d'évasion, de lumière du jour et de pouvoir respirer à pleins poumons.

8

Malgré ses activités, Lydie ne peut s'empêcher de penser au commissaire Vaillant.

L'espérance d'un courrier ou même d'un appel téléphonique ne se réalise, elle ne comprend pas ce silence, cela lui est insupportable, elle en souffre terriblement, elle doit alors se résoudre à penser qu'il ne ressentait rien pour elle. Elle a du mal à le croire.

Les semaines sont passées, l'automne arrive à sa fin, mais le temps ici reste dans l'ensemble très agréable, à part lors des grandes marées.

Lydie de cela a encore de la clientèle et sa saison d'été a été plus que profitable, malgré les événements perturbants.

Cet après-midi, elle accepte d'accompagner son ami Tristan pour parcourir la côte à cheval.

Ils s'amusent à faire la course dans les premières vagues de la mer et le bel étalon noir du jeune homme la devance largement.

Celui-ci adore la flotte et n'hésite pas à y patauger, éclaboussant sans vergogne la partenaire de son maître. Tristan dirige sa monture vers les rochers et met pied à terre.

Il aide volontiers Lydie à en faire de même et très vite il la colle contre son torse.

La jeune femme ne s'attend nullement à son étreinte, et subit la douceur des lèvres de son ami.

Le baiser donné est très doux, mais Lydie n'y répond pas. De ressentir cette froideur, le jeune homme s'en offusque.

De nouveau, il l'embrasse pénétrant sa bouche. Lydie ressent sa langue qui s'engouffre, ne désirant le plaisir qu'il lui offre, d'un geste brusque elle le repousse.

Tristan le prend mal et plutôt que d'essayer d'accepter son refus, il la colle contre lui avec brusquerie et veut reprendre sa bouche. Lydie, devant ses façons si peu cavalières, lui ordonne :

– Arrête !

Tristan, fougueux, la désire tellement qu'il devient agressif et Lydie lui donne une belle gifle.

Aussitôt, elle voit dans son regard noir l'humiliation qu'il ressent, ses mains tremblent, il est furieux qu'elle se refuse à lui, il remarque bien que Lydie est prête à recommencer, mais fou amoureux d'elle, il insiste. Lydie lui crie dessus :

– Non Tristan ! Cela suffit, je ne t'aime pas, alors n'insiste pas !

De sa voix ressort de la supplication, mais aussi de la colère.

Tristan, de l'entendre, devient mauvais et ne se gêne pour la pousser fortement. Lydie tombe sur le sable, elle l'entend lui dire d'un ton bien moqueur :

– C'est de ce flic que tu es amoureuse, mais ma pauvre, il se fiche complètement de toi ! La preuve, c'est qu'il est parti !

Lydie n'admet pas, même si cela peut être vrai, elle ne rétorque pas.

Elle le voit remonter sur son cheval, prendre les rênes de sa propre monture et avant de fuir au grand galop, il lui hurle presque ceci :

-Tu me regretteras !

Lydie reste un bon moment assise par terre. Des manières aussi brutales de son ami, qu'elle ne supposait, elle en est bien surprise.

Elle conçoit que cela est dû à ce qu'elle le refoule, mais elle ne souhaite gâcher sa vie de femme, en cédant à ses avances. Elle veut être amoureuse.

9

Les jours passent et le temps devient changeant. Cette nuit-là, la mer est particulièrement agitée. Un voilier est en pleine dérive et s'approche de la côte, en direction du second bras de roche qui enclave cette partie de plage, par le brouillard très intense.

Lorsque sa coque le percute violemment, elle se fend d'un coup et le déséquilibre, par l'eau qui s'y infiltre. Contre les éléments se déchainant, celui qui est aux commandes ne semble plus rien contrôler, surtout quand le mat se coupe en deux et la grand-voile s'abat dans l'eau.

Les membres de l'équipage sont basculés à la mer, puis rapidement ce qui reste du bateau coule.

Contre toute attente, bienfaitrice cette embarcation qui arrive subitement, elle veut certainement apporter son aide.

Des silhouettes apparaissent, mais le cri d'un enfant, malgré le vent, se fait entendre, puis le bateau s'éloigne sans prendre garde aux autres membres d'équipage, ce qui est complètement effarant.

Car si cette mère a vite été emportée vers les fonds marins, le père, malgré ses blessures, essaie tant bien que mal de s'en sortir.

Il entend son fils l'appeler, mais par le bruit infernal des vagues, il ne peut capter longtemps sa voix.

Des débris partent à la dérive, reste ce petit garçon allongé sur cette planche, il se maintient à la voile, semblant faire du surplace, calée contre ce bras de roche, ce qui lui permet de ne pas être éloigné par la mer.

Son père, réussit à se hisser sur des rochers, mais blessé au thorax, il perd ses forces et sombre dans un profond sommeil d'où il ne se réveillera.

Lydie, ce matin, se trouve seule puisque ces derniers clients sont partis, elle voit la pluie qui ne cesse de tomber, cela la rend un peu triste. Par la fraicheur soudaine, elle décide d'allumer son premier feu de cheminée, dans sa salle à manger.

Le vent souffle, mais malgré cela, Lydie surpasse sa morosité et se décide à aller braver le mauvais temps.

Vêtue d'un ciré et chaussée de bottes, elle se couvre la tête de son bonnet de marin et d'un pas bien alerte, se dirige vers le chemin afin d'atteindre la plage.

Elle peut remarquer que la mer s'est déjà retirée et laisse aux grains de sable le loisir de se faire réchauffer par les rayons du soleil qui essaient de transpercer le ciel gris.

Le vent s'apaise et chasse ses gros ballons prêts à déborder. La pluie s'arrête et ainsi les mouettes sont ravies de pouvoir de nouveau voler et ne cessent de brailler.

Lydie, sur son passage, ramasse les coquillages qui ne se sont pas fait emporter par les vagues, ils lui serviront pour ses nouvelles créations.

Pas besoin d'aller faire les boutiques, la nature lui offre tous ses trésors. Maintenant les rayons du soleil sont bien présents, ils la réchauffent.

Lorsqu'elle dépasse la deuxième jetée, faite de gros blocs de pierre, elle aperçoit une voile qui flotte dans l'eau ainsi que des morceaux de bois de ce qui devait être une embarcation.

Lydie, arrivée au plus près, comprend qu'elle s'est échouée contre. Une partie de ce qui devait appartenir à ses occupants est encore présente, étalée sur la plage ou accrochée à des rochers.

A cet instant bien précis, elle espère qu'il n'y ait eu de victimes. Mais alors qu'elle veut continuer son chemin, elle fait la découverte d'un corps qui flotte dans ce creux d'eau. Lydie se précipite, essaie tant bien que mal de le retourner, mais cela lui est difficile.

Le corps est trempé et déjà tout raidi. C'est un homme, il a l'air jeune, il est pieds nus, et a gardé son short ainsi qu'un tee-shirt.

Lydie prend conscience que d'autres corps doivent être à proximité, elle cherche de tous côtés, mais n'en voit d'autres.

Elle rebrousse rapidement son chemin, se met à courir. Il faut prévenir la gendarmerie au plus vite.

Des éclairs fusent à l'horizon, le ciel de nouveau s'assombrit et Lydie a juste le temps d'arriver chez elle que déjà la pluie s'abat de nouveau. Le tonnerre gronde et le vent se fait violent.

Les gendarmes n'ont pas été prévenus, c'est ce qu'ils lui apprennent.

Maintenant, elle remet une buche dans sa cheminée, elle tremble, pas de froid, mais de repenser à ce corps. Après avoir pris une bonne tasse de thé bien chaude, afin de s'enlever cette image, elle va travailler dans son atelier.

Comme d'habitude, elle se met un fond de musique classique et se décide pour créer de petits bols.

Pendant des heures, elle ne s'interrompt, l'orage devient encore plus fort et lorsque la lumière vacille, elle est obligée de s'arrêter.

Elle quitte son atelier sans le fermer à clef et se précipite vers son logement. Et de ce fait, elle ne peut voir cet intrus qui en a profité pour s'y réfugier.

10

Le soleil reprend sa place. Dès le lendemain, Lydie doit finir ses commandes et les mettre à cuire dans son four. Au moment où elle pénètre dans son atelier, elle se trouve nez à nez avec un petit garçon.

Surpris, l'enfant, tel un animal sauvage, s'éclipse rapidement et se met à courir aussi vite qu'il le peut en direction des panneaux interdisant les lieux.

Lydie, de le voir fuir de cette façon, décide de le poursuivre, mais sa course est trop rapide, il la distance et en un rien de temps, ce gamin disparaît de son champ de vision.

Lydie prend peur, elle se l'imagine basculant dans le vide, mais de l'apercevoir au loin, elle en est soulagée.
Elle n'a rien compris.

– Mais pourquoi s'est-il enfui si vite ? Se demande-t-elle.

De cet enfant, elle n'en a vu que deux immenses perles vertes et la blondeur d'une chevelure.

Elle a juste fini de mettre en marche son four, que l'estafette des gendarmes s'avance sur le plateau. De la voir s'approcher de sa propriété, Lydie comprend qu'ils viennent la rencontrer.

En effet, ils lui font la révélation que le corps d'une femme a été pris dans les filets de marins-pêcheurs. Cette inattendue pêche fait croire qu'elle doit être la compagne de cet homme retrouvé mort.

Et d'après la réquisition de tout ce qui devait leur appartenir, un enfant se trouvait lui aussi à bord.

C'est par ses jouets et des chaussures retrouvés que cela le signifie. Mais malheureusement, les gendarmes lui donnent cette certitude qu'il a dû se noyer.

Lydie, en un instant, fait le rapprochement avec ce gamin rencontré il y a à peine deux heures et de cela, les gendarmes ne tardent à aller parcourir tout le rebord des falaises, mais ils en reviennent bredouilles. Ceux-ci lui recommandent vivement de les prévenir si toutefois elle le revoyait.

Le lendemain matin, Lydie charge dans sa camionnette toute sa poterie pour se rendre au marché et démarre doucement, en longeant le bord de la falaise. Malgré l'heure matinale, cette journée promet d'être bien ensoleillée et rend la jeune femme joyeuse.

Alors qu'elle regarde vers la plage, elle croit reconnaître le gamin de la veille, il faut qu'elle prévienne les gendarmes.

Mais c'est en soirée, alors qu'elle travaille, que le gamin refait son apparition en entrant dans son atelier.

Lydie n'ose bouger, craint qu'il ne s'échappe tout comme l'autre fois.

L'enfant est très jeune et semble particulièrement fatigué. La pâleur de son visage, ainsi que les cernes sous ses yeux, lui donnent l'aspect d'être en souffrance.

Ses vêtements sont très sales, il a une piètre allure.

Sans un mot, le garçon s'avance vers Lydie, il veut lui dire quelque chose, mais n'en a pas le temps, ses jambes lui font défaut, il tombe subitement sur le carrelage et perd connaissance.

Elle se précipite, touche son front, celui-ci est brulant, alors sans tarder, c'est vers un médecin qu'elle lance son appel.

Celui-ci lui annonce qu'il doit couvrir une belle bronchite, se trouve déshydraté et de ces maux, il est préférable de le faire transférer au centre hospitalier.

Pendant son séjour, le petit ne prononce pas un mot, il semble être choqué, seul ses nuits parlent pour lui. Elles sont très agitées, il crie en appelant son père et on doit l'attacher.

Au bout de huit jours, il est guéri, mais malgré toute l'attention qui lui est portée, même le suivi par une psychologue ne déclenche pas la parole, un blocage s'est installé.

Et c'est Lydie, qui va accepter de s'en occuper, en attendant que l'on trouve d'où il est et de prendre contact avec le reste de sa famille.
Rien dans les débris qui restent du bateau donne des indications de nom ou d'adresse. Ainsi tant que le petit ne dise ouf, on reste dans le flou total.

Lydie va avoir le rôle d'essayer de le faire parler, s'il est revenu chez elle, c'est qu'il se sent certainement en confiance.

Peut-être le fait qu'elle doit ressembler à sa mère, allez savoir ce qui se passe dans la tête d'un gamin.

Ce sont là bien des épreuves que ce très jeune garçon vient de subir, et de ne pouvoir parler semble quelque peu bien normal.

L'enfant est adorable, Lydie essaie par le jeu, mais rien n'y fait, ni par le dessin.

Alors elle n'insiste pas. Il mange bien, son sommeil est plus calme, ce qui est une bonne chose dans un premier temps.

Mais lors d'une promenade sur la plage, un morceau de tissu de couleur rouge, rejeté par les vagues, reste à moitié enfoui dans le sable.

Lydie est stupéfaite de voir l'enfant se précipiter pour aller le ramasser. Tel un doudou, le petit garçon le serre tout contre lui, comme s'il le reconnaissait et elle l'entend fredonner un prénom :

– Nina, Nina, Nina.............

Lydie s'émeut, s'approche de lui et lui tend la main afin qu'il lui montre son trésor.

L'enfant accepte de lui faire voir, cela ressemble à un vêtement qui devait être certainement une jupe maintenant déchirée. Lydie lui demande :

– C'est à ta maman ?
   L'enfant :

– Non ! à Nina, ma grande sœur !

De cette révélation, un serrement se fait dans la poitrine de la jeune femme, personne n'en a connaissance, et elle aussi s'est noyée. Cela lui fait du mal de voir le petit si heureux d'un coup.

Comment lui dire que sa famille n'existe plus ? Jamais elle ne pourra le faire.

D'avoir retrouvé cet objet venant d'elle, un déclic se fait pour le garçon, car il accepte volontiers de se livrer à tout raconter de ce qu'il a vu et subi pendant cette nuit tragique.

Il lui apprend son prénom qui est Yohann, et aussi son âge, il a huit ans.
Quand il lui fait le récit, Lydie a les larmes qui coulent sur ses joues.

Du drame de cette nuit-là, lui joue dans sa cabine, la pyramide en bois qu'il vient de monter s'est brusquement écroulée, au moment même où le bateau s'est mis à tanguer, après ce bruit terrifiant signalant qu'il vient de percuter quelque chose.

Il monte l'escalier pour atteindre le pont, aperçoit l'eau qui dévale et mouille ses chaussures, il ne voit ni ses parents, ni sa sœur. Puis d'un coup, il est happé par une vague lorsque le bateau coule.

Il réussit de justesse à s'agripper sur le mat dont la voile s'est étalée sur l'eau, c'est cela qui va le sauver de la noyade.

Il appelle inlassablement ses parents, mais sans obtenir de réponse.

Puis, il entend un moteur qui s'approche et voit ces deux grosses lumières, il pense être sauvé, mais n'entend que les cris de sa sœur, les lumières s'éloignent et puis plus rien.

Tremblant de froid et de peur, il arrive à tenir jusqu'au moment où épuisé, il commence à s'endormir et lâche prise.

Mais c'est par le chant strident des mouettes qu'il se réveille, le brouillard s'est dissipé, le jour arrive. De voir maintenant où il se trouve, il réussit à escalader le bras de roche.

Et c'est ainsi qu'un moment donné, il la voit arriver, il croit reconnaître sa mère par sa blondeur, mais lorsqu'elle est suffisamment proche il sait qu'il se trompe.

Il veut pourtant l'interpeler, mais par sa trop grande fatigue, il n'y arrive et Lydie ne peut le voir.

Quand elle fait demi-tour, il réussit à se lever et fait en sorte d'essayer de la suivre. De ne croiser le corps de son père, il pense qu'il est encore en vie, tout comme sa mère. Et de cela Lydie ne lui dit rien.

Arrivé près de chez elle, il se camoufle dans le premier bâtiment là où est sa camionnette. Il y reste toute la journée, caché derrière un tas de bois.

Ainsi, il se défait de ses habits trempés et finit par s'endormir dans un profond sommeil, s'enroulant dans ces couvertures qu'il trouve.

Ce sont celles qui servent à caler les poteries.
Quand il se réveille, il veut sortir, la nuit est là, il pleut.
Il s'approche malgré tout de cet autre bâtiment, c'est l'atelier de poterie, sa porte n'est pas fermée à clef, il y fait meilleur et veut y rester.

C'est ainsi qu'au petit matin au moment où il s'apprête à quitter le lieu, Lydie arrive, il prend peur de se faire gronder et préfère se sauver.

11

Ce drame vient se positionner sur l'enquête des deux jeunes femmes car tout porte à croire que Nina a été tout bonnement enlevée. Sinon, il y a longtemps qu'elle aurait réapparu.

Encore un mystère qui devient plus que pesant et de celui-ci, il y a un homme qui va de nouveau s'y atteler, c'est le commissaire Vaillant.

Missionné à l'étranger, l'homme a été blessé par balle, lors d'une arrestation de trafiquants de jeunes prostituées. Hospitalisé et ayant eu un passage d'amnésie, c'est par cette situation que Ludovic Vaillant ne s'est manifesté auprès de Lydie.

Reprenant connaissance de l'affaire qui est toujours en cours, ce nouveau fait, le fait revenir. Cette jeune fille, il faut la retrouver avant qu'un nouveau drame ne se réalise, comprendre et abolir ce qui se passe sur cette île devient une priorité absolue.

Lydie est loin de s'imaginer ce matin, que ce moteur de moto est celui de Ludovic Vaillant.
C'est à travers la brume qu'il apparaît et n'hésite pas à venir stationner auprès du bâtiment des chambres à louer.

Lydie, de voir ce motard, sort de son atelier afin de l'accueillir. Mais lorsque celui-ci enlève son casque, Lydie reste figée.
Elle doit prendre sur elle, car son cœur se met à battre dans sa poitrine comme un fou, lui rappelant ce qu'il avait ressenti pour cet homme.

Le feu monte à ses joues, elle ne veut pourtant démontrer son émoi de le revoir. Mais si la jeune femme est toute émotionnée, Ludovic l'est tout autant.

De la revoir, il la trouve encore plus belle, elle porte un pull-over couleur menthe à l'eau qui fait communion avec la prunelle de ses yeux. L'homme ne les a pas oubliés.

Troublée à un point qu'elle redoute qu'il s'en aperçoive, c'est par un timide sourire qu'elle l'accueille et lui tend la main.

Ludovic, de ce geste, comprend qu'elle doit être toujours fâchée contre lui, il ne veut lui occasionner aucune gêne et répond à son salut.

Et afin de mettre un terme à ce profond malaise qui semble interférer, Ludovic lui demande si elle a une chambre de libre.

Ainsi il s'installe dans celle qu'il a occupée auparavant et de toute façon, les autres sont déjà prises, puisqu'une compétition de surfeurs va se dérouler dans deux jours.

De l'apprendre, cela n'arrange nullement Ludovic car les allées et venues de ces compétiteurs, vont perturber ses recherches.

De ces préparatifs, la jeune femme est très occupée et cette fois-ci, c'est Ludovic qui ressent une certaine froideur venant d'elle.

Il a essayé de l'aborder au moment où elle a pu être seule, mais la présence soudaine de ce petit garçon a fait que cela est devenu difficile.

D'ailleurs, la ressemblance physique de ce môme, avec la jeune femme, le frappe au point qu'il se demande s'il n'est son fils.

De connaître les circonstances de sa venue lui enlève cette interrogation, il constate qu'il est particulièrement poli et semble heureux de vivre ici.

Son souhait est de pouvoir révéler les raisons de son long silence que lui-même n'a pu maîtriser, faute de se trouver en grande souffrance.

Ses sentiments ne se sont nullement amoindri, bien au contraire, sa joie d'être de nouveau en sa présence est réelle et lui redonne le goût à la vie.

Ce matin, une belle et bruyante effervescence s'installe dans la salle à manger, Lydie y est très affairée à préparer le petit déjeuner, elle ne peut remarquer sa venue.

C'est le petit Yohann qui l'accueille, Ludovic le trouve très charmant et c'est grâce à lui que Lydie vient à sa rencontre. La jeune femme est tout sourire, ce qui lui donne du baume au cœur.

La brillance dans ses prunelles, si belles, accentue tout ce qu'il ressent envers elle et son intention de pouvoir la reprendre dans ses bras lui semble redevenir possible.

Elle lui sert volontiers son café et lui apporte même des tranches de brioche, faites maison.

 Ludovic est aux anges. Il apprend qu'elle va participer aux compétitions et elle l'invite à venir y assister.

12

Les compétitions se déroulent sans problème, beaucoup de participants et le temps s'y prête aussi.

Un hélicoptère tournoie constamment dans le ciel et du plateau, le spectacle que présentent les surfeurs à glisser à travers les grosses vagues est impressionnant. L'on s'imagine parfaitement le plaisir qu'ils peuvent ressentir.

Pendant trois jours, c'est la fête sur l'île et de cela, Ludovic Vaillant en perd patience. Que de temps perdu, il trépigne de ne pouvoir mettre en place tout ce qui peut contribuer à retrouver la jeune Nina.

Et lors du dernier jour, une exposition de photos démontre les prouesses artistiques des finalistes. Le petit Yohann s'attardant devant l'une d'elles intrigue le commissaire présent. Il se rapproche de ce poster où l'on voit Lydie dévalant une gigantesque vague.

Elle est magnifique. Ludovic pense que l'enfant est en admiration, mais lorsqu'il lui demande, Yohann lui avoue que c'est ce bateau qu'il regarde semblant vouloir sortir ou se cacher derrière la roche.

Ludovic s'approche davantage et en effet, l'avant de cette embarcation est bien visible par ses deux grands phares qui y sont positionnés en hauteur. Et c'est surtout cela que l'enfant a remarqué se rappelant de ces feux, vus pendant la nuit du naufrage.

Grâce au photographe installé dans l'hélicoptère, une vue d'ensemble du lieu a pu être prise.

Le bateau, voulant certainement sortir de sa cachette, ne sait finalement pas manifester, mais il est trop tard. Un seul cliché et le voilà pris dans son propre camp, c'est le cas de le dire.

Incroyable ! Maintenant, reste à trouver l'endroit exact qui doit être bien camouflé.

Ludovic quitte précipitamment la salle et va prévenir les gendarmes, car dès le lendemain, avec cette chance que la mer soit en marée haute, il accompagne la patrouille qui longe le bord des falaises.

Ludovic Vaillant se tient prêt à découvrir enfin ce qui se trame. Mais, il va être déçu.

L'endroit est découvert en effet, c'est à travers ces monticules de rochers, solidement ancrés les pieds dans l'eau, gardiens de cette ancienne galerie où la mer s'est permise d'entrer et où elle reste en permanence tel un petit lac, tout en longueur par son affaissement.

Mais de la parcourir, celle-ci ne mène nulle part puisqu'il faut faire demi-tour. L'équipe reste sur sa faim, alors que faisait ce bateau ici ce jour-là ?

Ludovic Vaillant s'énerve, il organise une réunion exceptionnelle afin de faire le point sur la situation actuelle.

Dorénavant, les recherches ne vont se baser uniquement que sur les galeries qui ont existé et il va même jusqu'à revoir le père de Tristan, afin qu'il vienne participer pour lui montrer les emplacements de celles qui étaient en activité.

Ainsi, sur ce côté du plateau, une quinzaine d'hommes le parcourt à pieds, chaque ancienne ouverture de galerie est minutieusement répertoriée.

Elles sont bien obstruées par de gros blocs, ce qui donne un accès quasi impossible, et ayant connaissance d'un étage inférieur, cela donne encore plus de complexité aux recherches.

Les hommes s'aventurent aussi après les dunes, là où un point majeur existait auparavant par l'existence d'une plateforme d'où étaient arrimées les embarcations.

L'accès, à nombres de départs pénétrant dans la profondeur des galeries, doit en être plus facile. Mais là aussi, par des éboulements, toute accessibilité n'est pas réalisable.

Ludovic Vaillant va être obligé de faire venir du matériel spécifique afin de déloger ces rochers, encore une fois, cela le fait rager, que de temps perdu.

13

Et pendant que tout ce petit monde est en action, la seule personne qui sache encore profiter des belles vagues, c'est Lydie.

Et ce dimanche, elle les défie. Seul, le petit Yohann, son meilleur et fidèle spectateur, reste à la regarder de son perchoir. De sa position, cela est sûr, la vue y est plus que grandiose.

Il s'y est attaché et a compris qu'il ne reverrait ni son père, ni sa mère, sans que l'on lui dise, reste son espoir de retrouver Nina.

Le commissaire lui a promis et dit qu'il faisait tout pour y arriver. Mais pour le moment, il est en admiration devant les prouesses de la jeune femme.

De la voir aussi à l'aise debout sur cette planche à défier les rouleaux comme elle le fait, il se voit lui aussi un jour faire de même, Lydie va lui apprendre.

Tranquillement assis par terre, il savoure ces instants quand il voit ce bateau qui arrive à vive allure et ce qui lui paraît fort étonnant, c'est qu'il se dirige en pleine direction où se trouve Lydie.

Celle-ci n'a pas l'air de le voir, dévalant sa vague plus haute et plus longue que les précédentes. Et le choc entre elle et ce bateau est inévitable et terrible.

Sa planche vole en l'air, se fracasse en deux et Lydie, après un vol plané, est rapidement emportée par la vague qui l'entraine dans son tourbillon infernal.

L'enfant la voit refaire surface, c'est une chance, mais par les vagues trop puissantes, elle disparaît de nouveau, aspirée par les fonds marins.

Lydie essaie de toutes ses forces de remonter à la surface, mais par le charivari du courant, elle s'essouffle, sa poitrine lui fait terriblement mal, la sensation qu'elle va éclater ainsi que ses tempes, elle ne peut plus retenir sa respiration et perd connaissance.

Son corps s'enfonce, il n'y a plus d'espoir pour elle de s'en sortir. Mais l'un des hommes de cet équipage plonge pour la récupérer et le petit Yohann, assistant impuissant à ce spectacle, fond en larmes et crie le nom de Lydie, tout comme il l'a fait pour retrouver les siens.

Puis il l'aperçoit soulevée par les hommes qui la prennent en charge sur le bateau, il est soulagé sauf quand celui-ci s'éloigne rapidement, le petit garçon se sent complètement perdu.

Il pleure de toutes ses larmes, se précipite vers le bâtiment des chambres afin d'aller chercher du secours, mais le commissaire n'est pas présent.

Il retourne vers le bord de la falaise et d'apercevoir ce cavalier au loin qui s'approche, l'enfant se met à courir aussi vite qu'il le peut en direction du petit chemin qui mène à la plage.

C'est son seul espoir pour alerter sur ce qui vient de se passer. Le cavalier arrive lui aussi au grand galop, mais l'enfant déterminé, lui fait barrage, en se tenant bien droit et les bras en croix lui faisant comprendre.

Tristan, puisque c'est lui, tire sur les rênes afin de faire stopper sa monture. Il est prêt à enguirlander ce gosse, mais le reconnaît.

Il se demande d'ailleurs ce qu'il fait ici tout seul ne voyant Lydie à proximité. Il met un pied à terre et s'approche du môme, celui-ci redouble ses pleurs et Tristan capte mal ce qu'il veut lui expliquer, mais de le voir dans cet état, tout porte à lui faire croire qu'il s'est passé quelque chose de grave.

Il essaie du mieux possible de calmer le petit et lorsque Yohann arrive à tout lui expliquer, Tristan n'en revient pas, mais quand la mer ne tarde à rejeter l'un des morceaux de la planche de Lydie, il est bien obligé de le croire.

Alors il ne faut pas perdre de temps, d'avoir croisé ce seul bateau, il comprend qu'il ne peut être que celui-ci, il n'y a pas attaché d'importance.

Il en voit tellement. Il se sent incapable de le détailler si on lui demande. Loin de s'imaginer qu'il avait à son bord son amie. Rapidement, il fait monter le gosse sur sa monture et repart au galop, en direction du ranch.

Et alors que le jeune homme essaie de perdre le moins de temps possible pour prévenir et s'enquérir du sort de la jeune femme, ce bateau arrive maintenant à sa destination et se dirige, en pénétrant dans les profondeurs de ce même tunnel où a été amenée Nina.

Lydie, restée dans un état somnolent, ne peut rien voir de l'endroit. Installée sur un brancard, un ascenseur la fait descendre dans ce lieu où toute une équipe médicale s'active.

Nina par son jeune âge puisqu'elle n'a que treize ans, n'a pas été inséminée, l'adolescente loin d'être naïve ne cesse de vouloir la vérité sur son mal, lorsqu'elle est devant tous ces appareils bien spécifiques, croyant qu'ils peuvent diagnostiquer toutes les maladies.

Elle subit des séances où attachée et perfusée, on lui pose sur son crâne nombre d'électrodes, ainsi que des cathéters collés sur tout l'ensemble de son corps.

La jeune fille en ressort extrêmement fatiguée autant intellectuellement que physiquement.

L'obligation d'assimiler multitude de données informatisées et tout ceci à l'encontre de sa propre volonté.

Elle ne peut avoir un regard ni une oreille sur le monde extérieur par le biais de la télévision ou la radio, seul le port d'un masque posé sur ses yeux lui fait apparaître des situations bien spécifiques concernant l'univers tout entier, ceci afin de stimuler en permanence son cerveau.

Sa nourriture, loin d'une cuisine traditionnelle, est plus créée par le facteur de molécules adaptées dont seuls les généticiens ont le secret.

Servie uniquement en gélules ou boissons épaisses ressemblant fortement à du yaourt, certainement pour que cela soit plus appétissant.

Ainsi, Nina, sans le savoir, est devenue un de leurs cobayes humains.

Lorsqu'elle refuse de s'y soustraire et finit par sortir hors de ses gongs, on sait immédiatement comment la calmer.

Et en quelques jours seulement, la pauvre gamine, perd tous repères d'une vie normale et semble n'être devenue qu'une droguée. Ce qui donne toute facilité d'approfondissement pour les expériences des chercheurs. Et malheureusement le même sort attend Lydie.

Lors de son réveil, sa poitrine reste douloureuse, ce qui est bien normal ainsi que ce mal de tête qui l'afflige.

Elle n'a de souvenir de son accident, seul un flash lui revient, celui d'une masse sombre arrivant sur elle d'un coup et se voit essayer de toutes ses forces de retrouver la surface, voyant la lumière disparaître au fur et à mesure qu'elle se sent aspirée par les fonds.

On l'a affublée d'une chemise de nuit. Elle regarde de tous côtés, la chambre où elle est installée, ne correspond en aucun point à celle d'un hôpital.

Il n'existe pas de fenêtre, juste un éclairage venant du plafond. Lydie est surprise, veut se lever et remarque ce coin WC et lavabo.

Curieuse, elle décide d'en sortir, mais sa porte se trouve être fermée à clef. Lydie trouve cela bien bizarre, mais son mal de tête devient trop oppressant, ses tempes sont trop douloureuses, elle préfère se rallonger.

14

C'est d'entendre un brouhaha et des cris qu'elle sort de sa torpeur. Elle s'aperçoit qu'elle n'est plus dans la même pièce, une lumière bleue la tamise.

Elle se lève, cette fois ci la porte s'ouvre. Doucement, elle s'aventure au dehors, c'est un très long couloir à peine éclairé qu'elle distingue.

Elle s'y aventure à petits pas. Les cris entendus viennent de l'une des portes se tenant dans un renforcement vers sa droite, bien distincts, ce sont ceux d'enfants.

Lydie se persuade d'être dans un milieu médical.

Elle poursuit son exploration, ne rencontre aucun membre du personnel soignant, ce qui lui est bien surprenant et il n'existe d'autres portes, cet environnement l'étonne fortement.

Le couloir qu'elle parcourt est relativement long, elle se demande jusqu'où il va la diriger.

Et au moment où elle se trouve à choisir son nouveau chemin, tel un carrefour, plusieurs couloirs lui font front. Elle hésite, mais à cet instant, derrière elle, une certaine agitation l'interpelle.

Elle se camoufle et d'une encoignure, elle porte son regard au loin. Ce sont deux femmes, deux infirmières, et comme elle le supposait, elle est bien dans un hôpital.

Celles-ci passent devant sa chambre et continuent dans l'autre sens, ce qui lui donne tout feu vert.

Ainsi malgré cette confirmation, son intuition lui dicte que ce lieu est loin d'être anodin. Elle suit ce nouveau couloir et longe une baie vitrée.

Elle remarque qu'elle est éclairée de cette même lumière bleue. Elle s'approche et rien ne lui transmet quelque chose de particulier, il lui semble même qu'il n'y ait personne.

Étonnée, elle s'engouffre à l'intérieur, très vite, une musique très douce lui parvient, cela est très agréable. Ce qu'elle découvre, ce sont des petits bassins, tous reliés à différents câbles dont certains, de leur transparence, laissent visible ce liquide qui s'écoule.

Chacun supporte un écran visualisant toutes indications s'y rapportant. Lydie ne peut les interpréter, mais en revanche, elle reconnaît parfaitement celui qui précise les pulsations cardiaques, ce qui fait qu'elle reste perplexe sur leur contenu.

Elle se penche vers le premier et c'est la stupéfaction. D'un geste prompt, elle se recule et des hauts de cœur la prennent, presque à vomir. Ce qu'elle découvre, ce sont des embryons humains.

Lydie est horrifiée, écœurée, il faut dire aussi qu'ils n'ont rien de très beau à voir.
Malgré ce malaise qui la prend, voulant s'imprégner d'une réalité invraisemblable, elle fait face à l'évolution de chacun au fur et à mesure qu'ils grandissent et se fait même la réflexion que certains sont en voie de naître très prochainement.

Dans un autre contexte, elle pourrait apprécier cette évolution humaine, mais son ressenti de voir se réaliser ces futures naissances dans des circonstances qui sont loin d'être normalisées, un mal-être l'enveloppe d'un coup, le sentiment d'être en danger la prend.

L'affaire des deux jeunes femmes tombées de la falaise lui renvient en mémoire, elle se persuade qu'elles étaient prisonnières dans ce même lieu et ont réussi par s'en sauver.

Dans sa poitrine, son cœur se met à battre la chamade, la peur la submerge.

Elle ne sait si elle doit retourner dans cette chambre ou essayer de partir au plus vite. Mais vu comment elle est vêtue et pieds nus, il vaut mieux qu'elle y retourne.

Elle sort rapidement mais de voir un peu plus loin une autre salle, malgré son malaise, Lydie veut savoir. Elle y pénètre tout doucement et y voit des lits bien alignés. De cette même lumière bleue, elle n'y voit pas vraiment bien et à première vue, ceux-ci sont vides.

Mais une seconde pièce lui transmet que deux corps allongés s'y trouvent. Elle s'y approche et reconnait deux femmes, sur leur crâne quantité d'électrodes reliées à un ordinateur.

Elles semblent paisibles. Lydie les trouve bien jeunes. Elle aperçoit en retrait un autre lit et là, d'un coup veut réveiller la personne qui semble dormir profondément, elle correspond à la description que lui a fait le petit Yohann sur sa sœur.

Une brunette avec des cheveux courts. Incroyable ! Elle l'a retrouvée !

La jeune femme est heureuse, son envie sur le moment est de vouloir la secouer pour la réveiller, mais de voir qu'elle aussi est branchée à tous ces électrodes et ces cathéters posés sur ses bras, elle réalise qu'elle peut lui faire du mal.

D'entendre soudain des voix qui se rapprochent, très vite, elle détale juste à temps car ces mêmes infirmières rentrent dans la pièce.

Lydie veut en savoir encore plus et attend, elle les regarde faire. Celles-ci débranchent tout cet attirail, les jeunes femmes se réveillent. Elles semblent être dans un état second.

Les infirmières prennent le temps de leur passer des liens aux poignets. C'est bien cela, elles sont prisonnières.

Lydie est complètement éberluée. Il faut qu'elle trouve le moyen de sortir de ce lieu malfaisant.

Réussissant à rejoindre sa chambre sans qu'elle ne soit vue, elle réfléchit afin de trouver un plan d'action.

Elle se met dans l'idée d'aller réexploiter les lieux dans un prochain temps.

Elle a eu raison, car à peine s'est-elle rallongée sur son lit que les deux soignantes ne tardent à entrer. Elles ne sont pas très jeunes et n'ont pas l'air très aimables, Lydie doit les suivre, ce qu'elle fait sans broncher.

On l'amène vers le recoin où elle entendait des cris d'enfants auparavant, mais en entrant dans la seule pièce existante, elle ne les voit pas.

Seuls des fauteuils y sont installés et Lydie remarque très vite ces sangles à leurs accoudoirs, ainsi qu'à leurs pieds.

Elle demande ce que l'on va lui faire, mais les infirmières ne lui répondent pas. De leur air si peu sociable, Lydie se tait.

Attachée à son fauteuil, on la pousse vers une porte et c'est une salle relativement spacieuse quelle découvre.

 Différents appareils y sont installés, ils sont très imposants.

On la dirige vers celui qui ressemble à une cabine dont les parois et le plafond sont recouverts de faisceaux lumineux. Elle est installée en plein milieu. On fixe le fauteuil et referme la cabine.

En un instant, les faisceaux s'allument et Lydie est comme transportée dans l'espace. La sensation que tout son corps flotte.

Elle entend des voix qui lui transmettent quantité d'informations. Ce qui lui est incroyable, c'est qu'elle les assimile, comme si son cerveau comprenait tout.

Cela va très vite, trop vite, un mal de crâne la prend, la douleur devient trop aigüe, elle se met à saigner du nez.

Elle perd connaissance. La séance allait juste se terminer.

Sortie de cette cabine, on fait en sorte de la réveiller, Lydie se sent vidée. Incapable de rejoindre sa chambre, on doit la porter.

Rapidement on lui pratique des prélèvements sanguins, puis on lui fixe une perfusion soi-disant pour qu'elle puisse récupérer.

La jeune femme est incapable de parler et de faire le moindre geste. Elle s'endort rapidement.

Et de subir ainsi régulièrement, elle ne peut savoir depuis combien de jours elle est prisonnière dans ce lieu, cela semble être depuis une éternité, car cette volonté d'arpenter de nouveau les lieux s'estompe.

Toute l'énergie restante lui fait défaut, elle si sportive et compétitrice dans l'âme, perd sa combativité.

D'inculquer tout ce savoir, cela lui prend toutes ses forces, seul son cerveau aime être autant stimulé, il assimile incroyablement bien, les tests qu'elle doit effectuer le confirment, son intelligence parvient à un niveau jamais espéré, mais lui fait perdre aussi toute notion du temps.

La sensation que sa boîte crânienne se détache du reste de son corps, car celui-ci se relâche, ayant de moins en moins de résistance.

Encore heureux qu'elle en prenne conscience.

15

La chance d'en avoir la possibilité va arriver au moment où les infirmières viennent de nouveau la chercher, mais le hasard fait qu'elles sont appelées afin d'aller au-devant d'un incident.

Elles doivent laisser Lydie. Celle-ci se dit que c'est bien le moment adéquat de leur faire faux bond, cela ne se reproduira certes pas.

Alors, elle ne perd pas de temps, elle emmène la couverture fine du dessus de son lit, avec la ferme intention de ne pas revenir.

D'avoir vu les soignantes partir dans une direction opposée à celle qu'elle veut emprunter, chercher Nina devient sa priorité, mais malheureusement la pièce où elle devenue vide.

Lydie veut la retrouver, mais rien ne lui en donne la possibilité, puisqu'elle ne rencontre pas d'autres salles et continuant sa marche dans ce dédale, elle fait face à plusieurs portes.

Elle se précipite pour les ouvrir, toutes sont fermées, Lydie cogne fort afin de faire venir ceux qui y sont, mais personne n'apparait.

Elle doit prendre cette décision de ne pas continuer sa recherche et penser plus à se sauver. Ce qui lui semble le mieux, dans un premier temps.

L'opportunité de s'éclipser est trop belle. Elle continue donc son ascension, perturbée de la rencontre du nombre de galeries.

Certaines sont éclairées, mais pas dans leur majorité. C'est un pile ou face à chaque fois qu'elle doit en suivre une et de cela, elle commence à perdre l'espoir de réussir à s'en sortir.

Quand enfin elle arrive devant une très grande porte en fer, Lydie veut croire qu'elle a réussi. Sa largeur donne la certitude qu'un véhicule passe sans difficulté, mais elle ne trouve pas la façon de pouvoir l'ouvrir.

Là, pour la jeune femme, c'est peine perdue, elle s'est trompée en suivant ce chemin.

Cela devient désespérant, il lui semble que cela fait un sacré bout de temps qu'elle marche ou court et une grande fatigue se fait sentir.

Elle doit s'asseoir quelques instants. Ses pieds nus lui font mal, tout écorchés par le sol râpeux.

Mais quand elle entend de l'autre côté le ronronnement d'un moteur, elle se lève précipitamment et va vite se cacher derrière ce tas de pierres taillées, mais laissées ici depuis des lustres.

De sa cachette, elle peut voir à l'identique de celle d'un garage, la porte qui se met à s'enrouler en montant et laisse passer cette voiturette qui traîne derrière elle une remorque pleine à ras bord.

Le véhicule passe devant Lydie et se dirige directement vers cette galerie non éclairée qu'elle aperçoit et avant que la porte ne descende complètement, la jeune femme se précipite au dehors.

Elle s'imagine se retrouver à l'air libre, mais pas du tout. C'est encore une galerie qui lui fait face. Lydie n'en peut plus. C'est dans un véritable gruyère qu'elle patauge.

En plus celle-ci n'est pas du tout éclairée, elle va devoir se diriger à tâtons et pour cela, tout comme l'avait fait Charline, elle touche constamment la paroi.

Elle ressent un souffle de vent qui s'accentue au fur et à mesure qu'elle s'avance. Heureusement qu'elle a emporté cette couverture car un froid terrible l'enveloppe.

Lydie est soudainement perdue, lorsqu'elle ne sent plus sous ses doigts la paroi. Une peur terrible s'installe en elle, elle avance ses bras devant elle et marche en faisant de très petits pas, la peur de tomber dans le vide. Son visage bute contre la roche, elle sourit.

Se trouvant à un carrefour, elle n'a pu suivre la continuité de sa galerie et sans se rendre compte, elle dévie son chemin. Celui-ci va vers un lieu qui va bien la malmener.

Lydie, dans ce labyrinthe de galeries, essaie avec toute sa volonté de pouvoir s'en extirper, mais maintenant c'est au-dessus d'un méandre où l'eau coule à flot qu'elle s'est malheureusement engagée.

Par la clarté du lieu, elle entre dans une gigantesque grotte. Sa profondeur y est impressionnante et sa fraicheur vient glacer tous ses membres.

Elle tremble comme une feuille et ne cesse de claquer des dents. Il n'y a aucun autre passage, seule cette poutre se présente face à elle et celle-ci lui paraît bien peu large.

Elle se sent incapable d'aller l'arpenter, vu la profondeur en dessous d'elle, cela l'effraie complètement.

Cette eau jaillit de la roche et elle dévale une pente à une allure folle, pressée de pouvoir retrouver l'immensité de la grande bleue.

Dans sa course, elle fait un bruit assourdissant tel un torrent et forme des vagues puissantes, celles-ci lèchent constamment le rebord, si peu large.

Lydie n'a pas d'autre choix, sa crainte de tomber et de se noyer est fort probable, rien que par la force de l'eau. Si elle avait été munie de sa combinaison de plongée, son sort en serait tout autre, mais loin cette certitude d'être amenée vers la mer.

Elle puise dans ses dernières forces, sa motivation vient du fait qu'elle pense à la petite Nina restée prisonnière et aussi à son frère, le petit Yohann qui, à l'heure actuelle, doit être bien malheureux.

Elle se demande qui doit s'en occuper, cela lui procure de la peine. Le visage de son ami Tristan apparaît et celui de Ludovic Vaillant.

A cet instant, sa poitrine se serre, la ferme intuition qu'elle va certainement mourir et des larmes se mettent à couler sur ses joues, car cet homme elle l'aime et veut le revoir à tout prix. Alors elle arrive à se reprendre en criant :

- Non ! Non ! Je ne vais pas mourir ! Pas maintenant et surtout pas ici !

Elle prend une profonde inspiration, tout comme elle le fait avant chaque compétition sportive.

Elle essaie de se mettre dans la situation de combattre un adversaire et ainsi, pense que cela n'est qu'un défi et doit y arriver.

Alors elle s'élance, mais tout doucement redoutant que cette poutre ne supporte le poids de son corps.

Elle pose un pied puis le second, cela a l'air de tenir, elle recommence lentement les bras en croix, regardant loin devant elle, surtout ne pas regarder en bas.

Elle ne veut pas être engloutie, mais quand la poutre commence à bouger, Lydie perd l'équilibre, elle arrive à se remettre droite ouf !

Et malgré le froid qu'elle ressent, elle laisse glisser la couverture, cela lui procure plus d'aisance pour marcher.

Parcourir cette poutre devient interminable pour la jeune femme, très concentrée, elle appréhende de ne va pas arriver jusqu'au bout.

La poutre bouge trop, c'est une catastrophe, tout est perdu pour elle et jamais on ne retrouvera son corps.

Cette vision est terrible et ses larmes ne cessent de dévaler sur son beau visage.

Si elle savait qu'au-dessus d'elle, des équipes, formées par les gendarmes, accompagnées d'anciens travailleurs qui ont connu les lieux, ne vont tarder à arriver, cela la conforterait et lui donnerait tout le courage nécessaire.

Son ami d'enfance Tristan a voulu accompagner son père, et ainsi c'est plus d'une trentaine d'hommes dirigés par le commissaire Vaillant qui arpentent ces galeries dans tous les sens.

Rapidement, lorsque la première des galeries leur a donné son accès, les hommes s'y sont engouffrés, descendant au moyen de cordes et munis de casques de spéléologues, afin d'y voir plus clair.

D'autres se dévoilent grâce à ces appareils qui extraient les blocs et laissent ainsi le passage. Au fur et à mesure qu'ils arrivent à pénétrer dans les différents endroits, les équipes se dispersent et se faufilent aussi vite qu'elles le peuvent.

Lydie au beau milieu de son parcours périlleux, remarque ces lucioles venant de l'une des galeries qui se trouve en face d'elle.

Elles s'approchent rapidement. Dans sa poitrine son cœur se met à battre la chamade, ils l'ont retrouvée, son périple se termine, elle n'a pas réussi.

C'est terrible pour elle, un dégoût mêlé d'un désespoir se lit sur son visage.

Alors que doit-elle faire ? Continuer et se faire malmener ou sauter dans l'eau au risque de ne pas s'en sortir ?

Elle est prête à choisir cette seconde opportunité, afin de ne plus subir trop consciente du sort qu'il l'attend.

Et c'est à ce moment-là que le destin se veut être conciliant en mettant sur son chemin ce groupe de forces de l'ordre.

Lydie les reconnaît par leur tenue, elle a peine à le croire. L'envie de leur crier que tout va bien la taraude, mais n'en fait rien, la poutre se veut être sournoise et fait en sorte d'essayer de l'éjecter.

Mais ce qu'elle n'a pas remarqué, c'est la présence de Ludovic Vaillant, et lui la voit dans ce décor si peu romanesque, debout sur ce morceau de bois qui semble vouloir la faire tomber à chacun de ses pas dans ce précipice où l'attend ce déchainement infernal et glacial.

De la reconnaître et de voir son corps si peu recouvert, tel un linceul devenu très sale, et sa chevelure longue pèse bien lourdement sur sa silhouette qui semble bien fragile à ce moment.

Elle se bat, mais timidement, on capte toute sa détresse de parvenir à faire front à cet environnement implacable.

Devant ces gendarmes devenus spectateurs debout au premier rang de cette scène de théâtre dont le décor est grandiose, elle fait preuve d'une force intérieure et d'une prouesse majestueuse d'équilibriste.

Ceux-ci retiennent leur souffle, car la pièce jouée par l'actrice risque de devenir dramatique d'un instant à l'autre. Chaque mouvement que celle-ci interprète, est un moment d'espoir ou de désespoir.

Et dans le cœur de cet homme et de cette femme, un même souhait les fait devenir autant forts que fragiles.

Lydie de les voir, il lui semble pousser des ailes d'un coup. Elle atteint sans mal l'autre rive et c'est à ce moment-là qu'elle le voit.

Sans plus attendre Ludovic Vaillant, sans se préoccuper de la présence des gendarmes, va vite venir la serrer fort dans ses bras.

De la sentir tout contre lui, le corps de la jeune femme est tout tremblant, de froid mais aussi d'une très forte émotion, qu'elle lui provoque un malaise.

Ludovic Vaillant la pose délicatement sur le sol et des gendarmes se défont de leur veste afin de la recouvrir.

Mais elle rouvre les yeux et veut se lever. Il la reprend et la serre de nouveau, il lui caresse la tête comme il le ferait pour une enfant, afin de la rassurer et de lui prouver qu'elle ne risque plus rien.

Lydie est rapidement prise en charge, on la dirige vers l'une des galeries maintenant accessibles et de voir la lumière du jour, de respirer ce bon air iodé, comme cela, lui fait un bien fou.

16

D'apprendre par Lydie que des jeunes femmes, dont la petite Nina, sont soumises à des expériences et aussi, sans les avoir vus, la réelle possibilité de la présence de jeunes enfants, Ludovic Vaillant est satisfait d'avoir anticipé la mise en place des équipes aux diverses entrées, afin de pouvoir démanteler ce qui se manigance dans cet endroit.

Et malgré le peu de renseignements qu'elle est en mesure de leur fournir sur son chemin parcouru pour arriver jusqu'ici, cela leur donne suffisamment d'indications afin de bien se préparer.

Et lorsque les deux premières équipes arrivent à se rejoindre, elles sont à proximité des lieux reconnaissables par leur éclairage.

Ainsi, l'irruption réalisée par les gendarmes sème la stupéfaction auprès des chercheurs, puisque c'est dans le berceau des laboratoires qu'ils opèrent.

Les chercheurs trop concentrés, le nez sur leurs microscopes ou ordinateurs, à remplir toutes sortes de contenants, masqués et gantés, ne réagissent nullement et restent à leur place.

Seuls ceux travaillant dans le fond de cette salle qui se voit par les baies vitrées, comprennent le scénario et essaient de fuir.

C'est ainsi qu'ils se retrouvent devant cette petite équipe d'hommes, anciens ouvriers ayant taillé la pierre, accompagnés de Tristan et de son père.

Les chercheurs, connaissant parfaitement le secteur, veulent leur échapper en s'éclipsant par ce couloir où les attend un ascenseur.

Par la promptitude du jeune homme, celui-ci leur fait barrage et très vite, c'est un corps à corps qui s'établit entre les hommes.

Les chercheurs, dans leur cavale, se sont munis de matraques en bois et des coups violents portés, c'est le père de Tristan qui, le premier tombe à terre.

On ne se gêne pas de venir lui fracasser littéralement le crâne, un flot de sang jaillit, l'homme se meurt.

Tristan de sa jeunesse et de sa rage, met ko une partie de ces adversaires, mais d'autres de ses compagnons s'effondrent aussi.

Par chance des gendarmes viennent lui prêter main forte, des coups de feu partent, Tristan réussit à plusieurs reprises à éviter les balles, mais tout comme son père, c'est par l'une des matraques qui vient lui barrer le dos qu'il met genou à terre.

Fatigué, il n'a pas le temps de se relever, l'acharnement des coups reçus l'affaiblisse, et on vient lui fendre son crâne, la cervelle s'étale, il ne bouge plus.

D'un camp à l'autre, les hommes tombent comme des mouches, de l'équipement surprenant des chercheurs, le combat dure relativement longtemps et on entend la multitude de coups de feu, mélangés au fracas de verre qui s'éclate.

C'est dans l'hypothétique découverte de leur terrain, qu'ils s'étaient munis d'armes, tenues à leur portée de main.

Cela fait un bruit infernal et lorsqu'on n'entend plus l'équipe adversaire, les gendarmes se regroupent

De comptabiliser le nombre de personnes qui travaillaient sur le site, ce n'est pas moins d'une trentaine.

Sont retrouvées vivantes deux infirmières, camouflées auprès des enfants dans cette salle où sont pratiquées les expériences.

D'après leur âge, tout fait penser qu'ils sont ces garçons mis au monde par les jeunes Cynthia et Cristal.

Malheureusement, l'injection administrée par leurs infirmières afin qu'ils ne deviennent des témoins, leur a pris la vie.

Celles-ci menottées et amenées près du seul médecin restant, c'est ce fameux chirurgien. Assis à même le sol, ils attendent le bon vouloir des gendarmes.

D'autres victimes sont à déplorer parmi celles qui s'étaient portées volontaires et Ludovic reconnaissant Tristan et son père, cela lui fait mal au cœur.

Une exploration minutieuse du site est faite, ainsi on découvre une nurserie comptant une dizaine de lits où reposent des nourrissons.

Ils ont été volontairement euthanasiés, tout comme malheureusement les trois jeunes femmes.

Pourtant, au premier regard, elles leur paraissaient bien vivantes, allongées sur leur lit, malgré leurs pieds et leurs poignets liés.

De voir sur leur visage un masque et toutes ces électrodes posées sur leur crâne, le tout relié à cet ordinateur qui reste encore en activité, diffusant toutes ses données.

Mais à les regarder de plus près, c'est Ludovic Vaillant qui est confronté à devoir accepter l'horrible vérité.

Et lorsque les équipes pénètrent dans cette salle où sont alignés les bassins des fœtus, ceux-ci aussi ne vivent, puisqu'on a débranché ce qui les maintenait en vie.

Certains gendarmes se mettent à vomir, l'horreur de comprendre ce qui se mijotait ici.

De multiples photos sont prises et de toute façon l'endroit va être étudié par des spécialistes.

Et seul le témoignage de Lydie compensera ce qu'ont subi toutes ces victimes.

Les appareils ultra novateurs et performants vont-être réquisitionnés et analysés. Il faut bien reconnaître le savoir-faire de ces hommes.

Les ordinateurs vont eux aussi être récupérés, il ne faudrait pas que l'un des chercheurs ait réussi à leur échapper et reprenne les expériences.

Les gendarmes découvrent encore des cadavres dans des chambres froides, ils devaient eux aussi servir pour leurs travaux.

Les pièces que Lydie n'avait pu ouvrir, lors de sa fuite, sont vides.

Aussi, l'équipe du côté mer, s'est trouvée à faire face aux embarcations essayant de quitter ce même endroit qui avait été repéré, mais par ce mur fictif, rien ne pouvait dévoiler ce qui se trouvait à l'arrière.

Cette découverte, bien maligne une fois dépassée, leur permet d'exploiter et d'envahir tout ce côté.

Jamais on ne saura par où se sont sauvées Charline et Cynthia, vu le nombre trop important de galeries.

Les équipes ne sont pas au bout de leurs surprises, dénichant et parcourant cette dernière galerie, elle les achemine directement jusqu'au sous-sol de l'hôtel, mais toutes les salles sont vides.

La découverte de ce bloc opératoire leur parvient comme invraisemblable et elles n'hésitent pas à prendre cet ascenseur. Suffisamment spacieux pour y contenir en une seule fois une dizaine d'hommes.

Le commissaire Vaillant arrivé à cet étage où les jeunes femmes travaillaient, donne l'ordre de cerner l'hôtel.

Cela est certain, bien des mystères s'élucident à ses yeux et lors de sa visite, il ne pouvait en aucun cas les dépister.

Ludovic ne tarde pas à faire irruption dans le bureau du directeur et, comme par hasard, madame Fischer est présente.

De voir des bagages préparés, Ludovic a le pressentiment que ces deux-là s'apprêtaient à quitter les lieux, au vu des dossiers sortis qu'ils voulaient dissimuler.

Ludovic Vaillant est particulièrement content de les retrouver, il les suspectait, mais là, sa jubilation est à son comble.

L'un comme l'autre ne peut contester lors de la trouvaille du dossier concernant les trois jeunes filles, leur signature apposée signifie toute implication.

Le commissaire prend son temps pour regarder les photos les représentant, de les voir aussi belles et si jeunes, l'envie de massacrer ces deux-là est bien vive.

Du coup, Ludovic Vaillant veut creuser dans toute l'administration concernant l'hôtel et son personnel.

Il va être bien surpris de savoir qu'en fait l'ancienne gouvernante en est la fondatrice, mais cache son statut en ne désirant être dans la fonction de direction.

C'est certain, ainsi elle peut à volonté exercer son autre pouvoir d'organisatrice à son gré, à la demande des médecins généticiens.

Et madame Fischer, n'ayant plus rien à cacher et sachant pertinemment qu'elle sera condamnée à perpétuité, ne se fait pas prier pour révéler l'historique de l'île.

Bien avant l'extraction de sa pierre, sa fonction première était de garder prisonniers les plus grands malfrats d'un siècle révolu.

C'est son propre grand-père dont sa fonction de médecin chirurgien lui a donné la possibilité de commencer à s'adonner à effectuer des expériences sur les prisonniers.

Ceux-ci condamnés, cela l'arrangeait bien.

C'est ainsi qu'il y fit installer un premier laboratoire et un bloc pour ses opérations macabres.

A la fermeture du bagne, ce lieu est barricadé de telle sorte que l'on ne puisse y découvrir ce qui y est mis en place.

Ainsi pendant toute l'extraction de la pierre, personne ne le découvrit, trop enfoncé dans la profondeur de la roche, malgré le creusement de beaucoup de galeries.

L'abolition des extractions donne toute la place pour reprendre et finaliser les recherches mises en stand-by depuis trop longtemps.

De la beauté de l'île, des promoteurs proposent d'y investir et c'est ainsi que cet hôtel prend vie.

Perché sur ce piton lui fait sa renommée, le petit port lui aussi, au fur et à mesure, se transforme et des marins pêcheurs s'y installent.

C'est son père et son oncle qui ont repris ce flambeau machiavélique et la galerie des sous-sols de l'hôtel, menant aux laboratoires, est une belle aubaine pour faire transférer leurs nouveaux cobayes humains.

C'est ainsi que madame Fischer devient le lien entre les chercheurs et le recrutement bien sélectif de nouvelles recrues, privilégiant bien évidement des orphelines.

Jamais l'on ne se serait aperçu de quoi que ce soit, si Charline et sa camarade Cynthia ne s'étaient échappées de leur enfer.

17

Lydie, après son hospitalisation, est de retour chez elle, elle n'a pas revu Ludovic Vaillant, elle sait par les gendarmes qu'il a quitté l'île afin de faire un rapport de ce qui s'est passé et de ce qui existait.

Les autorités ministérielles doivent faire en sorte que toutes ces galeries soient comblées une bonne fois pour toute.

Le sort du chirurgien, des infirmières, de madame Fischer ainsi que du directeur de l'hôtel sera dorénavant d'être enfermés le reste de leur vie.

Lydie se retrouve de nouveau bien seule, le petit Yohann, reconnu orphelin puisqu'on n'a pas retrouvé d'autres membres de sa famille proche, a été placé dans une institution et a dû quitter l'île.

La jeune femme a bien du mal à vivre cette nouvelle situation. La mort de son ami Tristan lui procure du chagrin, de ces faits, elle ne trouve le goût d'aller surfer.

Et malgré son suivi psychologique, ses nuits restent très agitées, elle ne cesse de rêver qu'elle parcourt inlassablement les galeries, sans jamais trouver une sortie.

Elle reprend ses activités, cela soulage ces maux, mais doit bien reconnaître qu'un vide intérieur la perturbe.

Plusieurs semaines passent, son impatience de revoir Ludovic Vaillant prend toute son ampleur, mais de cette attente, des doutes se forgent.

Cet après-midi après avoir mis en route son four, de voir le bleu du ciel lui donne l'envie d'aller se promener sur la plage.

Le vent doux lui caresse le visage, la bonne odeur iodée lui fait un bien fou et pour une fois elle adore les mouettes qui poussent inlassablement leurs cris si peu enchanteurs.

Elle s'est aventurée jusqu'au second bras de roche et lorsqu'elle revient, elle s'arrête souvent afin de ramasser des coquillages.

Et c'est à ce moment-là qu'elle remarque une silhouette sur le plateau. A sa petite taille, cela ne peut-être que celle d'un enfant.

Puis, elle voit qu'une personne se met à ses côtés et Lydie d'un coup pense la reconnaître, elle ne peut y croire. Mais si, ce sont eux.

Elle court aussi vite qu'elle le peut, monte le petit chemin et là elle les voit tous les deux, Ludovic Vaillant, accompagné du petit Yohann.

Sa joie est immense, elle s'élance tout comme eux le font dans leurs bras, se retrouver est un tel bonheur qu'ils laissent couler leurs larmes.

Ludovic ne peut s'empêcher de prendre les lèvres de la jeune femme, d'y poser un long et doux baiser, ce qui fait sourire le petit garçon.

C'est Ludovic qui est venu le chercher dans cet établissement où placé, le petit garçon n'espérait plus voir, ni Lydie, ni sa sœur.

Ce jour-là il est en classe et on vient le chercher, quand il reconnaît le commissaire, il est heureux et se persuade que Nina est présente. Sa déception est grande, suivie du chagrin ressenti.

Ludovic, ne désirant le laisser dans ce lieu où il ne semble nullement s'intégrer, se met dans l'idée de l'adopter et sachant tout l'intérêt que Lydie lui apporte, il veut lui faire ce beau cadeau de lui ramener.

Les deux complices sont arrivés sur le plateau, ensemble ils la voient.

Elle est seule sur la plage, et malgré le beau temps qui l'entoure, la jeune femme ne transmet de la joie. Elle porte souvent son regard vers la mer, comme si elle attendait ou espérait qu'il se passe quelque chose.

Ludovic laisse le petit Yohann s'approcher du bord, afin que Lydie puisse le remarquer.
Et lorsqu'il l'entend lui crier :

- C'est y est ! Elle me regarde !

Ludovic se met rapidement à ses côtés et très vite, l'un comme l'autre voit qu'elle a compris qui ils étaient, en se mettant à courir.

Dans la poitrine de Ludovic, son cœur bat comme un fou, à vouloir s'en échapper.

Lydie pleure de joie et lorsqu'elle s'écarte de lui, elle remarque dans les yeux dorés de cet homme toute son émotion qu'il lui transmet.

L'instant est magique et se sont les mouettes qui cette fois-ci semblent par leurs cris, apprécier de les regarder s'enlacer.

Elles volent au-dessus de leur tête, se laissent emporter par le vent, puis reviennent les saluer.

Mais la surprise pour la jeune femme est loin d'être finie. Ludovic et Yohann veulent l'emmener vers le port et elle n'y comprend rien.

De les voir tous les deux monter à bord de ce beau trois mats, elle ne saisit toujours pas et c'est le petit Yohann qui lui crie

– Nous allons faire le tour du monde !

L'enfant rit de bon cœur et cela fait plaisir de le voir ainsi. Il renait.

Ludovic entoure la taille de la femme qui l'aime et l'invite à le suivre, de son sourire, sa joie est perceptible. Il lui demande :

– Yohann a raison, viens avec nous !

Lydie le regarde, surprise, elle le prend pour un fou. Mais lorsqu'il la serre tout contre sa poitrine et lui demande de devenir sa femme, c'est par un baiser qu'elle lui confirme sa demande et se penchant vers son oreille, elle lui murmure :

– Je viens avec vous capitaine, jusqu'au bout du monde !

Les amoureux s'enlacent, le petit Yohann applaudit.

Ce matin, ceux qui se trouvent sur le plateau peuvent apercevoir les voiles blanches de ce trois -mats qui quitte fièrement le chenal du port et se destine à embrasser la grande bleue.

Tout porte à croire qu'il appartient à nos trois nouveaux matelots.

En effet, Lydie et Ludovic entourent le petit Yohann, ils ont le regard tourné vers cette nouvelle construction de vie de couple et veulent offrir tout le bonheur possible à cet enfant.

Leur rencontre est belle et représente un amour qui ne peut que perdurer.

Pourtant un doute peut subsister et risque de tout faire basculer.

Malgré la confirmation lors de son hospitalisation que tous les traitements qu'a subis Lydie à l'intérieur de son corps n'ont plus d'effets, mais ne vont-ils pas se réenclencher un moment ou un autre dans son existence ?

Sa mémoire ne peut être effacée, on l'a tellement sollicitée qu'elle en est devenue très performante, et ce dont elle a ingurgité, ne reste-t-il pas quelques fragments si infimes soient-ils qui vont se disperser, collés telles des sangsues sur les cellules vivantes ?

Et celles-ci, ne vont-elles pas anormalement s'amplifier et se propager dans son organisme, jusqu'à faire revivre le processus resté bien installé ?

Comment prévoir qu'un jour la jeune femme pourra vouloir mettre en pratique tout ce dont on lui a inculqué ?

Et en étant une femme, reste à voir comment seront le ou les fœtus qu'elle portera ?

Ainsi, si le démantèlement des laboratoires semble avoir aboli toutes ces expériences, un seul phénomène humain peut remettre en marche à n'importe quel moment et à n'importe quel endroit du globe là où il se trouve, ce dont ces généticiens ont élaboré.

L'on peut se confronter au bout de quelques années à une nouvelle génération d'êtres humains.

Et si même leur nombre est peu important, de leur puissance intellectuelle, quel impact cela va-t-il avoir ?

Personne n'est capable de le dire ou de le prédire. !

Fin.